今宵、嘘つきたちは光の幕をあげる

紅玉いづき

今宵、嘘つきたちは光の幕をあげる

目次

第一幕

ブランコ乗りの
サン＝テグジュペリ

Act 1

拍手は雨のようだった。

羽衣の薄さをした幕が割れると、スポットライトが身体に降り注いだ。伸縮性が高く薄い生地しかまとわない肌に感じたのは、刺すような熱だった。その一方で身体の芯は氷のように冷たかった。熱の正体がライトであるのなら、冷たさの正体は恐怖だ。今この瞬間、私の身体は恐怖に凍っている。

見下ろす観客席は今日も満席だった。一番抽選倍率が高いといわれる土曜の夜間興行（ソワレ）。誰もが今にも立ち上がらんばかりに身をのりだしてこちらを見上げている。驚くほどはっきりと、その観客ひとりひとりの顔が見えた。年代にはばらつきがあり、アジア人がほとんどだが、時折異国の観客の姿もあった。皆一様にドレスコードを守り正装をしている。男性の方が心持ち多く、時折学生のような若者も交じる。彼らは目を輝かせ、餌を待つひな鳥のように私を見上げていた。

凍りついた身体の芯を少しでも溶かすために、舞台の空気とライトの熱を吸い、吐く。自分の薄い胸が上下するのを感じる。このかすかな隆起も、好奇の目で見られているのだろう。意識して下界から目をそらし、前を見つめた。スポットライトのあたる舞台の上段が、空中ブランコの出発点だ。

高い所が怖いと、思ったことはなかった。

けれど、落ちることは怖いだろう。両親に宙へと放り上げられ、無邪気に笑えるような子供ではもうない。

上空十三メートル。数字にしてしまえばそれだけの高さが、いとも簡単に凶器となることを私はもう知っている。

仕掛け天井からおろされたブランコに手をかける。命綱はない。スパンコールと化学繊維、そして己の筋肉だけが私のよすがであり、この身体を空へと放つ。オーケストラに促されるまま、人の飛べるはずのない場所へ。

拍手は雨。スポットライトは雷光。

だとすれば、私は雷雲の中へ夜間飛行を命じられた飛行士なのだろう。待っているのがたとえ死であったとしても、スポットライトと拍手だけが、私の背中を夜へと押し出す。その行く先に星はない。

私はブランコ乗りのサン＝テグジュペリ。

この少女サーカスの花形なのだから。

跳躍と滞空。反転する身体。引いては離れる。重力に抵抗する。吹けば飛ばされてしまう木の葉のように。

私はブランコに乗りながら、空を舞う自分の姿を見ていた。

脳裏に浮かぶのは、ブランコ乗りの完璧な演技だった。私と同じ姿。私と同じ衣装。けれどこれらは理想でも妄想でもなく、ただの記憶なのだった。中空を舞う、己の記憶に少しでも忠実になるように、指先を伸ばす。身体をそらす。天井に届かんばかりに、より高く飛ぶ。

縄がきしみ、それ以上に腕の筋肉がきしんでいるのがわかる。一秒ごとに神経がすり切れていく。心臓を絞り上げられるような緊張の中、けれど確かに、一握りの黄金色の陰りが見えた。

止まる時間と、一瞬の静けさの向こうに。

スポットライトの光、人々の歓声。輝く瞳。打ち鳴らされる拍手。その姿を、その実体を。摑(つか)もうと、した。次の瞬間だった。

(あ)

指先が、数ミリ、届かない。白い棒をとり逃す。私を中空につなぎとめるための唯一の蜘蛛(くも)の糸が。

大地の悲鳴だけが遅れて聞こえて。

重力の手に搦(から)めとられた私は真っ逆さまに落下した。摑み損ねたものが天から伸びた蜘蛛の糸だとすれば、下界に広げられたのもまた蜘蛛の巣のような、薄いネットだった。それは心許なくささやかで、しかし唯一の私の命のパラシュートとなるのだろう。

そして、パラシュートでの脱出にも緊張が伴うように、自由落下には一瞬の判断ミスも許されない。

ここでもまた、飛行士に要求されるのは美しさである。

無様に落ちれば、命をなくすだろう。それを誰よりわかっているからこそ、私の脳は恐怖で萎縮し、目の前がかすむのだ。落下のビジョンが、記憶の中の情景と重なる。落下。敗北。悲鳴。絶望。暴風雨。暗転。このまま意識を手放せたならどれほど幸せだろう。私はよかった。それでよかった。それがよかった。でも。

（駄目だ）

首を落としたとしても、美しい花であれ。根が腐り、茎が枯れても、花だけは、朽ちるまで！

安全ネットの上に落ちた私は跳ねるように半身を起こし、両腕をクジャクのように広げた。滑り止めの粉をはたいた手は白く、指紋はすでになかった。

（ブランコ乗りの手ね）

そう言って誇らしく笑った「彼女」の笑みだけを思い出し、赤いルージュで装甲した唇を、歪まないように笑みの形にしようとした。無様な、引きつりにしかならなかったかもしれないけれど。

スポットライトが私を照らす限り。

この舞台に立つ間だけは。

笑わないことは、死を意味するだろう。

（笑え）

それだけで、手にすることが出来る勝利がある。

静まり返っていた客席から、スコールのごとき拍手。

雷雲の過ぎ去った夜のように、世界は雨のまま、闇に落ちる。


膝の震えをこらえながら舞台の袖に戻っていくと、暗いその場所に浮き上がる女の姿があった。まとっていたのはチュチュによく似たデザインのドレス。その白さときらめきは私が名も知らぬ生地から発せられていて、闇の中にぼうと浮かび上がる姿は、蛍というよりもっと冷たく、当人の美しさには不釣り合いな表現かもしれないけれど……まるで海洋性の生物のようだった。

彼女は歌姫、その名をアンデルセン。ふっくらとした唇は言葉を音階にのせるための天上の台(うてな)であり、圧倒的な存在感はこのサーカスの、今代のシンボルともなっている。

そんな彼女はこれから、今日の夜間興行のカーテンコールをうたいに行くのだろう。花形であるブランコ乗りの演目はいつも、プログラムの最後と決まっている。それが終われば、カーテンコールに流れだす彼女の歌。アンコールには応えたことがない。

歌姫アンデルセンは私の方をちらりと流し目で見ると、うたうための唇に極上の笑みをのせて。

「震えているのね」

神様から愛されたソプラノで言った。

「子鹿みたい」

私は虚を衝かれ、焦りのまま口を開こうとしたが、唇にそっと、細い指があてられた。

「言い訳なんて、見苦しいことだけはやめてちょうだいね」

その言葉に、私は凍りつく。徐々に大きくなっていくオーケストラの音楽だけが私の心臓を動かしているようだった。

「それでいいわ」

と、彼女が笑った。言葉も表情も失った私に。歌姫アンデルセンは、舞台に立っているよりもっと小さく、それでいて蠱惑(こわく)的だった。老若男女問わず虜(とりこ)にするといわれる蜂蜜色の声で、やはりうたうように私に言うのだ。それこそ絵本の中から抜け出したお姫様(ヒロイン)のように、また同時に悪い魔女のように。

「るうは、ステージで失敗した日は決して笑わなかったから」

女王様みたいな子だものね。

そう言いながら、私の唇をわずかに押して、指を離す。

そんなことは、知っている。そう思った。私は知っている。けれども、彼女も知っているのかもしれないと思った。

（気づかれた）

そう直感した。

涙海(るう)とはわたしの名前でありながら。

私は涙海ではないということを。

だというのに、彼女は糾弾するでもなく暴き立てるわけでもなく、私と私の秘密を置き去りに、真っ直ぐに舞台へと出て行った。

「おやすみなさい、サン＝テグジュペリ」

最後に耳に届いた、断絶の言葉。それは、私がカーテンコールには決して現れないであろう未来を示唆しているようだった。

サーカスの楽屋はまだ緊張の余韻を残していた。

「大丈夫ですか？」

「怪我は？」

ぱたぱたと寄ってきて尋ねたのは、針子であるまだ学生の少女達と、それから演目のバックで踊る、名前を持たない曲芸子達（パフォーマー）だった。

私はなにもこたえなかった。最初から、彼女達にはなにも言わなくていいと教えられていた。いないものとして扱ってもいいのだと。どうしてと聞けば、違うから、とだけこたえが返ってきた。わたしは、あの子達とは、もう違うから。

それは傲慢でも虚勢でもなく、舞台で名を持つものと、持たないものの、圧倒的な隔たりだった。

演目を背負うもので話しかけてくるものはなかった。彼女達は皆崩れた舞台化粧を神経質に直し、壁一面の姿見で己の姿をチェックして、カーテンコールのために楽屋を出て行った。私は衣装を脱ぎ髪をほどき化粧を落とし、ボストンバッグを脇に抱えたまま、舞台には戻らずサーカス団を抜けだした。

今日の演技は「わたし」にとっては不名誉なものだった。だからそんな日はカーテンコールに現れないのだ。

劇場の関係者用裏口から外にでると、夜のきらびやかさが目を灼いた。ＬＥＤのイルミネーションは目に甘く、星を空の闇に埋め込んでしまっている。今夜は風が強いのか、少しだけ海のかおりが鼻についた。さざめきのような大人達の笑いがいたるところから聞こえ、煙草とアルコールのにおいがした。夜の十時を過ぎると喫煙区域が拡大され、空調のファンが回り出す。

十九になったばかりの私は、夜九時以降、保護者を連れずにこの街を歩くことは許されていなかった。もちろん、サーカス団の団員章を見せれば、ある程度のお目こぼしは期待出来るけれど、それも今の私には大いに背徳をともなう行為だ。逃げるように黒い服を着た人の波の中を行く。

メインストリートを抜けると、幾分か光が落ち着いた路地に入り、目的地である白い病院が見えた。生徳会グループという大仰なプレートのかかった入り口から、二十四時間休みなく開いている病院の受付に、親族の見舞いだと言って入っていく。

入院棟の奥、個室のドアを開くと、青白い読書灯がもれていた。

傍らの椅子に座っていた母が、顔を上げた。光の加減のせいだろうか、この一日で母はげっそりと痩せてしまったようだ。けれど、私の顔を見て、あからさまに安堵した。またその直後に、安堵したことを後悔するような顔をした。

「起きてる?」

少し抑えた声で母に尋ねると、母が口を開く前に。

「起きてるわ」

その声は、カーテンで隔離されたベッドの中から聞こえた。その響きを改めて意識してみれば、確かに私に似たものだった。

母が席を明け渡すように椅子を立ち、それからベッドの方を気にしたけれど、黙って部屋を出て行った。

入れ替わりに私はゆっくりとベッドに近づき、カーテンを開く。

そこには、私と同じ顔が眠っていた。化粧気のない細い顔はまだ少し青白く、かたく閉じた瞼(まぶた)には青い血管が浮いていた。全自動のベッドに横たわる彼女の身体、その状態からはわざと意識をずらし、ベッドの柵に手をつき、覗き込む。

「涙海」

私は涙を浮かべてその名を呼んだ。

さっきまで、私が呼ばれていた名前で。

「涙海、出来たよ」

涙海の長い睫毛が、身震いをするように震えた。ゆっくりと薄く持ち上がり、黒い瞳に青い読書灯が反射した。

綺麗だと思った。彼女は綺麗だった。私と同じ顔なのに綺麗だ。なぜならば、彼女は綺麗であろうとする人だからだ。

誰かに賞賛されるために生まれた命だからだ。

私は彼女とは違う。けれど、彼女の服を借り、彼女の名前を借り、彼女のための拍手とスポットライトを我がものとしたのだから、その報告を、しなければならなかった。

「私、最後まで、ブランコ乗りやれたよ」

「そう」

と、涙海の喉が震えた。彼女は私の顔を見てはいなかった。病院の個室、その中空を見ていた。そして私と同じ、少しばかり低い声で私に言った。

「ありがとう、愛涙（える）」

その言葉に私はようやく重圧から解き放たれたような気持ちになり、あたかもブランコから手を離してしまった飛行士（トラピーズ）のように膝をついて、消毒液のにおいのする、病室の白いベッドに突っ伏して泣いた。

彼女にありがとうと言われることが、こんなに苦しいなんて思ったことはなかった。

スポットライトを浴びた高揚を思い出す。あの景色。あの歓声。そして、そこに立つはずだった、貴方（あなた）のことを。

今はベッドから起き上がれない、私のたったひとりの、双子の姉。

世界で一番誇り高い（サン＝テグジュペリ）。

本物の、ブランコ乗り。


東京の湾岸地域（ベイエリア）が経済特区となったのは今から二十年前のことだった。

立て続けに起こった天災は、備えのあった都市部にも大きな爪痕を残した。死傷者は最小限に抑えられたが、経済的な打撃は一朝一夕で復興出来るものではなく、特に埋め立てを繰り返してつくられた湾岸地域の液状化は大きな問題になった。このままでは経済の低迷は避けられず、湾岸地域が死の土地となることを危惧した当時の政府は、その数年前から協議されていた一案を強行した。

液状化した土地をもう一度埋め立て、つくられたのは大規模な公営カジノだった。

そして、政府の管轄のもと日本で唯一ギャンブルが許された歓楽街に、客寄せのためつくられた小さなサーカス団があった。

見世物となるために集められたのは、二十歳にもならない少女達。いつかきらびやかな世界に生きることを願う彼女達は、最初は満足な設備さえ与えられなかったし、特別な生まれでもなければ、専門的な教育を受けていたわけでもなかった。

それでも、つたなくも若々しい曲芸（パフォーマンス）は、カジノ特区の、この国の復興の旗印（シンボル）となった。

やがてカジノ特区の爆発的な発展に伴い、サーカス団も脚光を浴びていった。

曲芸子である少女達の舞台寿命は決して長くない。けれど一度サーカスの舞台に立てば、それだけで将来の安泰は約束されたも同然と言われた。芸の世界で生きるのも、会社をおこすのも、一生を食べていくのに困らない結婚相手を探すのも。

曲芸を学ぶための養成所も併設され、多くの入学希望者が現れたが、入学の門は狭く、また卒業しても演目をまかされるのは、曲芸学校をトップで卒業した精鋭（エリート）のみ。

あまたの少女達の憧れと挫折の果てに、他者を排斥するだけの美しさを持ち、勝利した者だけが、古き文学者の名前を戴（いただ）き舞台へと躍りでる。

少女サーカス。

それは、道化（ピエロ）のいない少女だけのサーカス団だった。


八代目サン＝テグジュペリ。

湾岸地域の街角で、大々的な電子広告の前で足を止め、私はその横顔を見上げた。実物のそれよりもずっと大きな映像は、つくりものの冷たい表面をしていた。

長い睫毛。薄い唇。黒目がちな瞳は、くくり上げた髪でよりつり目に見える。

片岡（かたおか）涙海という名前はどこにもなかった。少女サーカスのタイトルと、劇場案内。そして、横顔に寄り添うように書かれていたのは、八代目サン＝テグジュペリの文字。それだけが、彼女の舞台上の名だった。幾人もの少女達が、その名を襲名することを望んでいたことだろう。サン＝テグジュペリだけではない。歌姫アンデルセンでも、猛獣使いのカフカでも、ナイフ投げのクリスティでもよかった。

名前をもらうことが演目を背負うということだ。初代の、曲芸子達がそう決めた。復興の旗を振りながら、少女サーカスをつくり上げた少女達はすでに伝説となっている。

今もサーカス団に在籍しているのはひとりきりだといわれている。団長、シェイクスピア。彼女は現在の少女サーカスの絶対的な支配者であり、サーカスのために一生を捧げた女神だといわれていた。

電子広告の視線から逃げるように劇場への道を急いだ。清掃員が幾人も街を行き交っていて、来るべき華やかな夜に備えているのだろう。

軽く息を切らしながら劇場の裏手につくと、ＩＣチップの入った団員章をリーダーにかざす。ピッと小さな音がして、自動ドアが開いた。外部の人間は簡単には入れないようになっている。

「おはようございます」

すれ違う人に俯きながらそう挨拶をして、ロッカールームへ。灰色を基調としたロッカールームで着替えを済ませるため、「片岡涙海」のロッカーの前に。団員章でロッカーをあけようとして、そこに磁石でなにかのチラシが貼り付けられているのに気がついた。

昨夜にはなかったものだ。首を傾げて、引き抜き見た。

「！」

一瞬息が詰まり、衝撃でチラシをとり落とした。貼られていたのは、電子広告と同じ、涙海の横顔だった。フライヤーとして使われているものなのだろう。その顔、目元が黒いマジックでぐちゃぐちゃに塗りつぶされて。

【ヘタクソ】

憎悪の滲む文字で、それだけ書かれていた。私は血液がつま先まで下がっていくのを感じた。指先が冷たく、唇が震えた。ヘタクソ。それが、私のあの、土曜日の夜間興行の演技を指しているのだとしたら、それは言われても仕方がないことだった。

けれど、こんな風に、ぐちゃぐちゃにされるいわれなんかない。そう思った。ここにいるのは、私ではなく彼女だ。私がどれだけつたなくても無様だとしても。

涙海は下手じゃない。

頭の中で絶叫すると、ゴウと耳が鳴った。

涙海は下手じゃない!!

下手だったのは私だ。そう気づき、自然と涙が浮かんだ。私は涙海の舞台を汚してしまったのではないかと思った。それはもう、とり返しのつかないことのような気がした。足下から力が抜け、座り込んだ。目の前が真っ暗になった。

「調子でも悪いの？」

突然声をかけられて心臓が口からでるかと思った。顔を上げると、そこには髪の短い、首の細い少女がいた。見覚えはあったが、一瞬誰かはわからなかった。数秒遅れて、メイクではっきりとかためた彼女の顔が脳裏にひらめいた。ぐるりとした目だけがその名残を残していた。このサーカスの演目者。猛獣使い、三代目のカフカ。

彼女は私の手元のポートレートを見ると、細い眉をきゅうと寄せて。

「また?」

吐き捨てるように言い、顔を上げて自分のロッカーに向かった。庄戸茉鈴と書かれた名前のロッカーをあけて、彼女は言う。

「貴方の取り巻きもご苦労だね」

「私」

しゃがみ込んだままの、自分の声が震えていて無様だった。カフカのことは、私もよく知っていた。数少ない、涙海と同期の演目者だったから。曲芸学校には浪人して入るものも多いから、同い年とは限らないが、涙海の代に演目者を襲名したのはサン=テグジュペリとカフカだけだった。

舞台から降りて出会う彼女は、触れれば切れるような覇気をまとってはいなかった。

「私」

もう一度言ったら、カフカは薄い背中を暴き晒すようにシャツを脱ぎながら、

「どうかしたの。昨日から、調子でも悪いの?」

と、こちらを振り返らずに言った。私はごくりと喉を鳴らした。

（「針子や他の演者には知られてはいけないけれど、演目者には仕方がないわ」）

この秘密を、彼女達には告げてもいい、と涙海から言われていた。彼女達ならばきっとわかってくれるし、どうせ演目者相手にいつまでも、隠してはおけないと。

この少女サーカスは特殊な一団だ。同じ舞台に立つ少女はライバルであり、仕事における仲間であり、数少ない理解者であり、そして同時に、絶対に交じりあうことのない方向の違う銃弾のようなものだった。そこに私の入り込む余地も、資格もないだろう。なぜなら私は——……。

「違うんです」

そう、私は言っていた。

「私、涙海じゃないんです」

猛獣使いのカフカは、化粧気のない顔でじっと私の顔を見て言った。

「…………おいでよ」

伸ばされたのは、傷だらけの指だった。

金属と油、それから獣のにおいがした。通されたのは薄暗い部屋だった。そこが一体どういう役割の部屋なのかは、低いうなり声と息づかい、枯葉を踏みにじるような音ですぐにわかった。彼女の相棒達の部屋なのだった。

猛獣使いのカフカは、大きいものはライオンや虎、猛禽類、そして小さなものは毒蛇と蜘蛛とともに舞台に立つ。八代目であるサン＝テグジュペリに比べてまだ三代目であることが、そのなり手の少なさを物語っていた。

二代目のカフカは、暴れ出した象の背中から落ちて死んだのだという。それからずっと演目を志す人間がいなかったカフカの、実に十五年ぶりの襲名者が彼女だった。

「おはよ」

彼女はひとつひとつの檻に挨拶をしていき、腕を伸ばして頭を撫でていった。歯を砕かれ爪を削られた猛獣達。毒を抜かれた虫達はけれど、私には生理的な恐怖を覚えさせた。一方で、この恐怖は裏を返せば舞台の上で見事な官能になるのだった。

確かに、ここには聞き耳を立てるものはいない。密談には恰好の場所だろう。

カフカは大きな蛇をとりだして首に巻きながら、淡々とした声で言った。

「ルウに姉妹がいたことは知ってたけど、こんなに顔がそっくりだなんて思わなかった」

その横顔と同じく淡泊な、驚きの薄い声だった。

「なんだっけ名前。聞いたことあったんだけどな」

「愛涙です」

私はせわしなく眼球を動かし、あちこちの獣の気配に怯えながら言った。

「エル」

と彼女は小さく呟いた。そう、私はエルでありルウではない。だから、サン＝テグジュペリではないのだった。カフカはまだ大蛇を愛撫するままに言う。

「ルウはどうしたの。ちょっとやそっとの不調で休演するような奴じゃないでしょう」

「今は病院にいます」

私は正直に言った。包み隠さず、本当のことを。誰かに聞いて欲しかった。そして労って欲しかった。今、白いベッドで消毒液のにおいの中眠っている可哀想な涙海のことを、そしてそのかわりに舞台に立とうとする愚かな私のことを、誰かにねぎらって欲しかった。けれどカフカは顔色をかえず、

「病気？」

と短い言葉で尋ねてきた。私は首を横に振る。それから、あえぐように胸を上下させて、言う。

「……練習中に、落下して」

毎日の自主練習は涙海の習慣だった。そしてそれにつきあうのは、私の習慣だった。だから、あの事故に立ち会ったのは私ひとりだった。私は空中で身体を反転させた彼女の、手を掴むだけでよかった。それだけでよかったのに。

彼女は落下した。

私の手をすり抜けて。真っ逆さまに地に落ち、そして、動かなくなった。

あまりにらしくない初歩的なミスであり、事故だった。涙海はもしかしたら、どこかお

かしかったのかもしれない。

それを気づけなかったのは。止められなかったのは、一緒にいた自分の責任では、なかったか。

思い出すたびに、あの時の恐怖がよみがえる。人形のように落ちたブランコ乗り。薄く白い目を開いて意識を手放し、どれほど泣き叫んでもこたえてはくれなかった。救急車がやってくるまでの間は永遠のようだった。

私はただひたすらに、彼女の手首だけを握っていた。指先が黒くなるほど、血のめぐりが止まるほど。それほど、弱い拍動だけにすがっていた。

その時私は神様に祈った。死なないで、死なないで、お願い死なないで！　そのためならなんだってするから！

だから、目を覚ました涙海が、私にひとつのお願いをした時に。

私は神様にこたえるように、首を縦に振ることしか出来なかった。彼女は生きていたのだから。命は。命だけは、とりとめたのだから。

「教えて下さい」

私は震える声で、自分の腕を抱くように摑みながら言った。

「涙海は、なにか、悩んでいたんじゃないですか」

思い出すのは、目元を黒く塗られたあのフライヤーだ。あれを見て、カフカは、「また」と言ったのだ。初めてではなかった。涙海を追い詰めていた人間がいたんじゃないのか。

けれどカフカは浅く息をつくと、なんの感情も見えない声色で言った。

「だったとして。怪我をしたのは、ルウの責任だよ」

その言葉は冷たかった。私は息を呑み、顔を上げた。糾弾をしたかったのかもしれない。けれど、カフカの横顔は、確かに憐れんでいたのだった。私の姉を、心の底から憐れんでいるのがわかった。だからなにも言えなかった。

今、ベッドに眠る曲芸子が、どれほど忸怩たる思いであるのかは、私の何百倍もわかっているようだった。

確かに目を覚ました涙海は、語ることは辛く、耳にするのも苦しい状態だった。

『ママ、どういうこと』

混濁した意識の中、目を見開いて、涙海は言った。

『足が、動かないの』

その絶望は、果たして、どれほどのものだっただろうか。女王様のようだった涙海。星のようなサン＝テグジュペリ。

けれど、彼女は誰のことも、恨まなかった。私のことさえ。

ただ私に、懇願をしたのだ。強い力で、すがり、乞うていた。

「……それで」

何度もリフレインする私の記憶を遮ったのは、鋭く低いカフカの声だった。

「貴方はかわりに舞台に立てるの」

カフカに問われ、私は顔を上げた。相変わらず、彼女の首には人の腕ほどもある大蛇が鱗(うろこ)を光らせながら這(は)っていた。

無表情な横顔で、責めるでもなく、かといって同情するでもなく、カフカは淡々と告げた。

「学校はでてないよね」

「はい」

かすれた声で私は頷いた。私は曲芸学校を受験しなかった。義務教育を修了する時、母は私にも芸の道をすすめたけれど、その時すでに私は花道を涙海に譲ったのだった。

戦う前から、私は彼女に敗北していた。諦めることだけが、たったひとつの勝利だった。諦めて、応援する。そうすれば、彼女を恨まずに済んだ。一番近くで、スポットライトを浴びるあの子を誇らしく思っていればよかった。

同じ顔をしたあの子。とても近い身体をしたあの子。

その姿に、自分の夢を重ねていればよかった。

「だから……私なんかに、舞台に立つ資格はないとわかってます」

けれど、だからこそ、涙海が『お願い』と言った時に、私には断る権利がなかったのだった。ずっと彼女に自分を重ねあわせてきた私だから。

『愛涙、わたしのかわりに、舞台に立って』

その言葉を、拒絶することが出来なかったのだった。

「うーん」

カフカは大きな蛇の身体をかぷりと噛（か）みながら、そうして相棒に嫌がられながら、独り言のように言う。

「私は貴方に資格がないとは思わない。ただ」

獣の息づかいの隙間から、彼女の声がする。

「舞台は魔物だからね」

戻ってこられなくなるよ、と猛獣使いの彼女は笑った。常人ならば忌み嫌うものと触れあい使役する、三代目のカフカは、大蛇を首に巻きながら。白粉（おしろい）のひとつもない肌だったけれど、その時ばかりは美しい笑顔だった。

戻ってこられなくなるよ。

それは私のことだったか、それとも涙海のことだっただろうか。

初代の少女サーカスの公演を見たことがある。

十年以上前。記憶の箱の中でも、一番奥の方にしまわれているそれ。私は母親の右手に引かれていた。母の左手には涙海がいたことだろう。

一番安い立ち見の二階席で、柵にしがみつきながら、大人達にまじって光り輝く舞台を見ていた。今でこそ観劇には年齢制限が設けられているが、当時は昼間興行（マチネ）であれば、何歳でも見ることが出来た。初代といっても、すでに少女サーカスの人気は確立されていたあとだった。会場は満員だったと思う。

記憶はおぼろげだ。けれど、感情だけは鮮明だった。打楽器の響きが心臓の後ろに響いて、拍動さえも支配されそうでおそろしかった。

そう、私には、サーカスは恐怖だった。

そして恐怖は人の心を支配するに足るものであるということも。

初めて見たサーカスで、強く覚えているのは、やはりブランコ乗り。金の衣装を身にまとい、人の身でありながら空を飛ぶ彼女。

幼い私の目には、死と隣りあわせの恐ろしい所行にしか見えなかった。

涙海の目にはどんな風に映ったのか。きっと、私とはまったく別のものだったに違いない。

多分その頃から、母は私達のどちらか、いやどちらともを少女サーカスに入れることを夢見ていたのだろう。同じ顔をした曲芸子は、想像するだけで華やかで、目新しい、価値の高いものだ。そう、時代が違えば間引かれるか、見世物小屋に並べられるように。

なにをせずとも整った容姿を持つ子供がいるように、二つ同じ顔があることでアドバンテージをとろうとした。だから毎日のバレエと体操教室、それからピアノは物心つく前から身体に仕込まれていた。

ひっつめられた髪で、同じ服を着て。私達は母の希望であり夢の権化だったのだろう。

そして今、私は涙海の姿で、舞台の袖のモニタから、客席を眺めていた。日曜日の夜間興行はやはり満席だった。

控え室は肌に刺さる緊張と、目覚めたばかりのようなけだるさに包まれていた。まだまどろみを残す龍のように。

今日の演目でも、ブランコ乗りは最終演目だった。今度こそ、見事に空に舞って見せなければならないと私は感じていた。

昨夜、あのあと病室で、やっぱり出来ないと私は泣いた。

やっぱり、涙海にはなれない。観衆の前で、曲芸なんて出来ない。

けれど、涙海は許してはくれなかった。『お願い』と言う彼女の指先は爪痕がつくほど強く、目は赤く血走っていた。

『出来ないなんて言わないで』

彼女の言葉がこだましている。耳の奥に。心臓の裏側に。

『せっかく勝ちとった名前なの。他の誰にも、渡したくないのよ』

その言葉は、初めて見たサーカスに感じたものと近い恐怖を私に与えた。

渇ききった喉は、唾を飲み込むのにも苦労した。

今こうして舞台袖にありながらも、せりあがってくる緊張と重圧に、心臓が早鐘を打ち、吐き気がする。この不自由でわずらわしいものを吐き出してしまえたらどんなに楽だろうと思った。

ここは怖くてひとりだ。あの舞台よりもずっと孤独だと思った。

そして涙海はずっと、こんなところでもうずっと、ひとりで戦ってきたのだと思うと、子供のように泣き出してしまいたくなった。

(無理だよ、るう)

私は、涙海のようにはなれない。曲芸学校の時代から、練習につきあってきたけれど、春からほぼ毎日、舞台に立っていた彼女とはあまりに違いすぎる。

なにが？　そう、覚悟が。

そう思った時だった。

「ねぇ」

また別の声に慌てて顔を上げると、そこに立っていたのは歌姫アンデルセンだった。

オーケストラの演奏が徐々に高まっていく。サーカスのはじまり、そのオープニングはいつも彼女の歌からはじまらなければならないはずだった。

けれど今日も、人魚姫のようなアンデルセンは、美しい姿、愛らしい笑顔で私に笑いかける。

「よかった。泣いてるのかと思ったわ」

泣いたら化粧が落ちてしまうものね、と、まるで楽しい世間話でもするようにアンデルセンは言い、ジェルネイルでかためた美しい爪で奥のドアを指して。

「泣くらいなら笑ってね。それも出来ないのならばどうぞお帰りはあちらから」

道がわからないのならば道案内の妖精（フェアリー）を呼んであげてもよろしいわ、と姫君のように美しく傲慢に、歌姫アンデルセンは言った。

「貴方のかわりは幾らでもいるの」

一体どんな理由かは知らないけれど、と小鳥のように首を傾げて。

「舞台で笑えない曲芸子なんてクズよ」

そう言い残し、彼女はそのまま軽やかな足取りで舞台へと踏み出していった。すでに彼女のつま先は五線譜の上にのっていて、呼吸もあわせることはなく、絶妙のタイミングで歌が、はじまる。

私は呆然としたまま、その曲のフレーズを、唇にのせていた。

（『サーカスへようこそ』）

永遠をちょうだい。そう繰り返すこの歌は、代々の歌姫がうたい続けてきた、この少女サーカスの主題歌（テーマソング）だ。

様々な楽曲の提供を受け、すでに何曲も音源をリリースしている五代目アンデルセンである花庭（はなにわ）つぼみ、通称「ハニ」も、この歌だけはうたいつないでいた。もっとも、彼女の音階にかかれば、すべての曲は彼女のためにつくられたように聞こえる。

永遠をちょうだい。

永遠をちょうだい。

あなたの心、それだけが、私の住まう場所。

――サーカスへようこそ。

会場からは、割れんばかりの拍手。

私が逃げても、嘘でも偽物でも。緞帳は上がり、今宵の、サーカスがはじまる。


今日の演目はナイフ投げのクリスティからフラフープのヘッセと続いていた。私は舞台の袖で、他の曲芸子の演技に見入っていた。観客ではなく、同じ舞台に立つ立場から。彼女達がどんな風に美しく笑い、どんな風に美しく踊るのか。その気持ちが、わかるかわからないかと問われれば、やはり、わからない。せめて無様な姿は見せられないと思っていた、その時だった。

「まずいよ、サン＝テグジュペリ」

近づいてそんな耳打ちをしたのは、猛獣使いのカフカだった。彼女はいつものように、呪術者めいた特別なメイクをして、すでに少し、獣のにおいをさせていた。

「エクストラが埋まってる」

「エクストラ？」

眉を寄せて私は聞き返す。少し遅れて、エクストラシートという名前に思考が追いついた。この専用劇場には高価なＳＳ席から安価な立ち見席まであるが、その中でも曲芸子を名指しして買えるシートがある。最前列の中央数席。一番の良席で、競争率も高い。私も一度だけ座ったことがあった。八代目サン＝テグジュペリのデビュー初日に、母と私に涙海が用意してくれた席がエクストラだった。

カフカの、エナメルのようなつけ睫毛がぱさんと揺れて、低い囁(ささや)きが耳に届く。

「しかも、君の名義」

私は言葉をなくした。

一般人がエクストラシートを購入するのは難しい。名指しで曲芸子のシートを買うことは、その演者への直接的な応援につながる。エクストラシートが、別名パトロンシートと呼ばれるゆえんだった。もちろん、涙海が母と私に用意したのは親族用の値段設定で、普通に買えばそれだけで立ち見席の十倍だ。

「見えるかな」

わずかに舞台袖のカーテンをずらし、客席を窺う。それから、傷の目立つ指で舞台の中央を指した。

「ほら、あれだ。サングラスをかけた、長髪の」

舞台袖からは客席の奥までは見えないが、エクストラシートはすぐにわかった。

そこに座っていたのは、奇妙な客だった。

二十代の後半か、三十代の前半かの男だ。男性でありながらストレートの長い髪をしていて、けれどそれが似合っているのが余計に奇妙だった。多分、美しい男性だろうと思った。美しいけれど、奇妙だ。なにより薄暗いサーカスを見るのに、サングラスはないだろうと私は思う。けれどこの街に特有の、奇妙な人種なのかもしれなかった。

エクストラを買うような人間は、金銭の感覚が狂っているのだという、涙海の言葉を思い出す。

『狂っているけど、この街では多分、狂ってる方が正しいんだと思う』

わたし達のようにね、と冗談めかして言った、その真意は、私にはわからなかったけれど。

「どうしたら」

小さな呟きに、カフカはぐいと顔を寄せて、囁いた。

「普段なら、自分の名義で買ってくれた客にはサービスをしなきゃいけない。演目の最中でもいいし、終わったあとでもいいはずだけど」

それは何度か見たことがあった。たとえばアンデルセンであれば相手のリクエストした曲をうたったり、カフカであれば獣を触らせるよう、すり寄ったりする。

自分のパトロンになってくれる相手に対するサービスの時もあれば、他人のパトロンを勝ちとろうとする曲芸子もいるのだという。

けれど、とカフカは囁いた。

「ルウがどんな風にしていたかまでは知らないな。聞いてみた方がいいかもしれない」

連絡はつく？　と尋ねられて、私は慌てて頷いた。

それからロッカーに戻り、鞄から携帯端末をとりだして、発信履歴から涙海へと電話した。履歴だけを見れば、涙海から、愛涙の番号へ。シンプルなスマートフォン端末は大部分の機能が制限された曲芸学校の指定機種だ。すべての通信履歴が筒抜けになっている、と涙海が笑っていたことがある。真鍮（しんちゅう）のストラップだけは涙海と揃いのもの。呼び出しの音は一回半。こちらがなにかを言う前に、かすれた涙海の声がすべりこんできた。

『もしもし、どうかしたの』

公演中でしょう、という涙海の言葉は早口で厳しかった。私はロッカーに隠れるように、しゃがみ込んで言う。

「エクストラシートが」

皆まで言わずとも、涙海には通じたようだ。

『誰？』

針を刺すように厳しい問い返し。「わかんない」と私は、泣き出しそうな声で言う。けれど電話の向こうの涙海は許してはくれなかった。

『以前来たことがある人なら覚えてる。名前か特徴は？』

私はとにかく、思い出した特徴を言った。

「サングラスかけてて、長い髪で……」

『ああ』

涙海の反応は、私の言葉を遮るくらいはやかった。

『宇崎さんね。アパレルブランドの社長デザイナーよ。その人は、昔からわたしを贔屓にしてくれてる。大丈夫、よその曲芸子にとられたりなんてしないわ。演技中はなにをしなくてもいいけれど、終わったら一応、声をかけて差し上げて』

アパレルブランドという言葉はあの相手に似合わない気がしたが、涙海の言葉には頷くしかなかった。

「声をかけるって、なんて?」

『お久しぶりです、いつもありがとうございます、くらいでいいわ。大丈夫、いつでも褒めてくれる優しい人だから。失敗しても、励ましてくれるわよ』

「わかった……」

震える言葉で頷くと、一瞬、ほんの一瞬、涙海らしくない沈黙があって。

『愛涙』

小さな囁きが聞こえた。昨夜の鬼気迫る声とは打って変わって、涙をこらえるようにかすれた声だった。

『ごめんね』

その言葉が細い針のように、私の胸を刺した。杭というには泣きそうな痛みだった。

「ううん」

私は首を振る。

「治るまでだもん。すぐだよ」

そう言わなければならないような気がした。涙海の病状を、大丈夫だと言ったのは母親だった。リハビリをすれば、涙海の身体は、今は動かない足はきっと治ると。それを信じていたかといえば、難しいけれど。

『……そうだね』

涙海もそう囁いた。大丈夫だと言うことが母の優しさで、信じるように頷くことだけが、私達娘に出来る精一杯だった。

今はまだ、病室の個室で横たわる涙海の声が聞こえた。私と近しい形の骨格から響く、私と近しいであろう声は。

『あのね、愛涙。こんなことを言うのは、酷だと思うけど』

まるで吐息のような囁きだった。

『楽しんで。舞台は、わたしのすべてだよ』

その言葉は、針が刺さったかのような私の胸に、いたく染みた。

二度目の夜間飛行は、なによりも、ミスをおかさないことだけに注力した。出来るだけ小さな演技で、出来るだけ得意な構成で。早朝の自主練習が上手く作用したようで、身体は昨夜よりもずいぶんよく動いた。

それでも焦りが先に立った。演目も残り少しというところで、また、演技にミスがでた。

すべり落ちるように、予定よりもはやく着地をした、その時思わず悔しさに奥歯を噛んだ。

そう、自分でも意外なほどに、悔しさを感じた。

もう少しだったのに。

そう思いながら、感情を押し殺して、客席に向けて振り返った。そしてふと、最前の席を見てぎょっとした。

（えっ……）

エクストラシートが、あいていた。男性が座っていたはずの席に、誰もいなかった。思わず視線で捜すと、長身の後ろ姿。暗い客席だが、その長い髪は間違いようもない。エクストラシートに座っていた人が劇場の外へと出て行く所だった。

私は暗転とともに、舞台の袖にはけると、

「ごめんなさい」

焦る声で人波を振り払い、関係者入り口から劇場の外へ。アンデルセンの歌がもれて聞こえる。外にでている観客は少なかった。それでも、すれ違う人は、まだ舞台衣装のままの私に驚いていた。けれど、私はそれ以上に焦っていた。

（どうして）

外にでてすぐ、背の高いその背中を見つけた。黒い細身のスーツは私のような無知な人間にも上等に見えた。腕に灰色のコートをかけていた。タクシーを止める背中に、声をかけた。

「あの、すみません！」

振り返る。細い頬、通った鼻筋。迫力のある端整な顔だ。長い髪とサングラスは夜に溶けるようだった。

「なにか、失礼がありましたか」

サーカスが終わる前に、しかも私の演技が終わる前に立ち上がった相手は、ずっと涙海を応援してきてくれた人のはずだった。確かに私の演技がつたなかったかもしれないが、そんなことで、席を立ったりするとは思いたくなかった。

なにか急な用事が入ったとか、体調が悪くなったというような、中座するに足るだけの理由を期待していたのかもしれない。けれど。

「いや」

小さく首を傾げて相手は言う。薄い唇の端をわずかに持ち上げ。なんでもないことのように。甘さの滲む、低い声で。

「退屈だっただけです」

私は呆然とした。あまりに、驚いてしまったから。

「酷い」

そう、思わず呟いていた。煙草とアルコールのにおいが、睫毛を撫でていった。アンデルセンの歌が終わったのか、ぽつぽつと、劇場からは観客が外にでてきて、私の姿を見つけては遠巻きに足を止め、なにかを噂した。

そのざわめきの中、私が絶句していると、

「では、言い直しましょう」

相手はぐいと私の耳元に顔を近づけた。酒でも煙草でも、ましてや海のにおいでもない。果物の熟しすぎたような苦いにおいがした。本能的に後ずさり、腰が引けた、その耳元に。低く甘い声で。

「子供が身体を売っているのは、見るに堪えない」

はやく寝なさい。そう言い残し、男の人は車にのり込んでいく。残された私は、呆然としている。

ざわめきと、人の波にもまれて。

まるで通り魔にでも殴られたかのように、立ち尽くしていた。

抜け殻のようになって病室に帰ると、すぐに涙海が問いかけてきた。

「宇崎さんはどうだった?」

隠しておこうかとも思ったけれど、やはりそれは出来なかった。そもそも、私の顔色を見た涙海が、聞かないわけがなかったのだ。

「それが……」

話を聞いていた涙海が「ちょっと待って」と私の話を途中で遮った。

「今なんて？」

「だから、その男の人が」

「誰の話？」

「え？」

　ベッドの上に座る涙海はカーディガンをはおって、けげんな顔をして言った。

「だって、宇崎さんは、女の人でしょ」

　髪が長くて、オレンジのサングラスをかけている。違う？　そう言われて、私は慌てて首を左右に振った。そういえば、あの時は焦っていて、確認することもなかった。

「エクストラシートに座っていたのは男の人だよ」

「だって、髪が長いって……どれくらい？」

　背中まであるストレート、と聞いて、涙海のまとう空気が不可解に曇り、思わずこちらににじり寄ろうとして、顔を歪めた。

「大丈夫？」

　私は涙海の肩を掴んだ。足が、思うように動かないせいだとすぐに気づいた。彼女の片足が、涙海に反抗しているせいだった。大丈夫、とは涙海はこたえなかった。ただ、右足が動かないことを認めないように、言葉をつないだ。

「そんな人、知らないわ。今までできたことない」

「じゃあ、きっとはじめてきた人だったんだよ」

その言葉は、慰めのつもりだった。けれどなんの意味もなさないのだと、私も言ってから気づいた。はじめてエクストラシートに座って見た、サン＝テグジュペリの曲芸が私のものであったとしたら。それはとても不幸なことだっただろう。

「……涙海、ごめん」

「いいよ」

涙海の返事ははやかった。はやかったからこそ、謝罪の意味を正確にくみとっていたことがわかった。けれど涙海はそれ以上、私を責めなかった。

「仕方ないこと。だけど」

その人は気になる、と涙海が言う。

「プロデューサーの手元に、エクストラシートの購入者名簿があるはずよ。そのリストから名前を見せてもらって。著名人なら、すぐにわかるはずだから」

その名前を見てどうするの、と私は尋ねた。ふん、と涙海は鼻を鳴らして、カーディガンのあわせをかきよせた。それから。

「目に物見せてやるのよ」

そう言う、彼女の黒い目は怒りに燃えていた。その時ようやく、私は、あの時に感じた腹の奥の熱の正体を、鏡を見るようにして自覚したのだった。

それは、怒り——誇りを侮辱された怒りだ。

あの男がなじったのは私の演技だった。けれどそれは涙海の立場であり、彼女のすべてであったのだから。

白く暗い病床の上にあっても、許さない、と彼女は言うのだ。「目に物見せてやる」ともう一度、絞り出すように言って。それから、俯き、血の塊を吐き出すように言った。

「……いつか」

その、鬼気迫る、歪んだ横顔に私の胸は詰まり、喉が鳴った。

いつか。涙海の足が、治ったら。大丈夫だと言ったのは母親だ。医者でさえなかった。信じられなかったけれど、信じるしかないと思った。彼女は帰ってくると。

せめてそれまで、守りたいと思った。彼女が舞台に戻るまで。涙海の舞台。涙海の名前。涙海のスポットライト。

彼女の生きるすべてを、せめて。私の出来うる限りで、守ってあげられたらいいのにと思った。

（でも、わからない）

そのために。一体どうしたら。

少女サーカスは各季節ごとに公演が変わる。今は春季公演の最中だった。曲芸子の他に、オーケストラの演奏者や、照明、音響も専属がいた。

その中でも舞台演出を総括するプロデューサーは、配役やプログラムにも影響力がある。

私がエクストラシートのリストをもらいに行くと、シニアプロデューサーの前島（まえしま）という男性はコーヒーを飲みながら、せわしなく薄型のタブレット端末に触れていた。そして、カップから口を外さず、神経質な声で言う。

「八代目。ここ数日、調子でも崩してるのかい」

部屋を去ろうとしていた私はその言葉に足を止めた。背筋を冷たい汗がつたう。

「……すみません」

「僕に謝らなくていい」

と神経質そうな声で言うプロデューサーに、俯く。このプロデューサーは本業は映画監督で、もう何度も少女サーカスの舞台演出を担っている。涙海がこの春から襲名をしたばかりの新人曲芸子でなかったら、私のこともばれていたかもしれない。プロデューサーは顔も上げずに、

「君達は完璧じゃない。それは知っている」

と通りの悪い声で言った。

「けど、君のかわりをしたい人間だってたくさんいること、忘れてもらっちゃ困るよ」

はい、とこたえる私の声はかすれていた。

それ以上、言葉はなかった。私は逃げるように部屋をでる。

刺された釘は、私に無視の出来ない傷を残した。

サン＝テグジュペリになりたかった人間は、星の数とは言わないまでも両手で足らない

数はいるだろう。ただの憧れなら、それこそ何百人と。なれなかった人間も、何人もいる。それなのに、早々にこの道を諦めた私が、彼女のかわりに舞台に立っている。

公立の学校に通いながら、バレエや体操をやめなかったのは、単に昔からの習慣だった。黙々と身体を動かすことは嫌いではなかった。それから、花道をかけ上がっていく涙海の、一番の相談相手になれることも誇らしかった。

私はなにになりたかったのだろうか。なににもなれないと思っていたからこそ、あの子の舞台の輝きが、好きだった。

たくさんの喝采。

歓声。

私に似た、けれど桁違いに美しい姿が。

衆人環視のもとにさらされ、そして愛される。

それは悦楽に似ていた。

私はため息をついて、手の中のリストを覗いた。昨日の夜公演、その中で、サン＝テグジュペリの名前でチケットを買っていたのは……。

(え?)

Antoine Bishop——それが、昨日サン＝テグジュペリの名義でエクストラシートを買った人間の名前だった。何度見返しても日本人の名前ではなく、私は余計に混乱した。

「アントワーヌ……」

リストを眺めて、思わず呟いた言葉に、

「違うわ。アンソニーですって」

唐突に声をかけられ、振り返る。月曜日はサーカスの休演日だ。ひとけのない劇場に、佇んでいたのは淡いピンクの春物コートを着た歌姫だった。

「貴方がきてるってプロデューサーが言っていたから」

アンデルセンは舞台では綺麗にまとめている髪をおろして、また一段と幼く見えた。

「アンソニー・ビショップ。ブラックジャックシアターに先月入ったばかりの、新人ディーラーだそうよ。国籍はアメリカだけど、両親は日本人。カジノにくる前はラスベガスでマジシャンをしていたとか」

ジェルネイルのついた指で携帯端末をいじりながら、グロスの光る唇で、アンデルセンは言う。いつもはブロンドのエクステをつけているが、今日の睫毛は黒だった。

「知りあい？」

私が驚き尋ねると、アンデルセンは顔を上げて目を細めた。

「まさか」

愛らしい所作で器用に片目をつむって、言った。

「調べてもらったの」

私は重ねて困惑し、眉を寄せる。

「どうして……」

「あら、簡単なことだわ」

それから、アンデルセンは変わらず、春の日だまりのような顔で笑う。

「だってあの人、最前列に座っておいて、あたしの歌の前に帰ったのよ？」

興味だって湧くわ。と歌姫は笑いながら言うけれど、その目は決して笑っていなかった。

私は背筋に冷たいものを感じた。

サーカスを中座したあの行為は、私や涙海だけでなく、カーテンコールをうたったアンデルセンのプライドをも傷つけたらしかった。彼女が一体どうやってそのアメリカ国籍のカジノディーラーのことを調べたのかは私にはわからない。それを追求することは、躊躇われた。

歌姫アンデルセンは、すでに五年近くこのサーカスの棘のある花であり、毒のある海洋生物だった。美しい彼女には、常に黒い噂がつきまとっている。それは、下世話に言ってしまえば男の影だった。

この少女サーカスには幾つかの不文律がある。スキャンダルの御法度もそのひとつだった。曲芸子である彼女達には自由恋愛が許されていないし、結婚もありえない。針子でさえ、スキャンダルを理由に学校を追われることもあるほどだ。けれど歌姫アンデルセンは、恋多き女として何度もインターネットや週刊誌に記事を書かれている。それでも彼女がサーカス団の歌姫であり続けられるのは、そのどれもが彼女をねたんだ捏造の記事であるからなのか……それとも、スキャンダルをもってしてもびくともしないだけの後ろ盾が、彼女にはあるせいなのか。

『少なくとも、エクストラシートの販売数が一番多いのは彼女ね』

わたしにわかる事実はそれだけ、と涙海はかつて言っていた。

そして目の前のアンデルセンは、二十代も半ばとは思えない少女性を持ちながら、それでいて身のうちの激情は涙海のそれよりも苛烈であるらしかった。

「今夜にでものり込んでやろうと思ってたのだけど」

アンデルセンは高級ブランドの財布をとりだすと、指先を伸ばした独特な手つきで、一枚の名刺をだした。

それを私の胸に差しだして。

「貴方と会ってしまったから。その権利は譲るわ。お話をしたいのならば行ってみればいいんじゃないかしら」

見れば、高級感のある厚い名刺に、ブラックジャックシアターの店名と、Antoine Bishop の文字。

「だってあの男は、貴方の名前でシートを買ったんだものね」

その論旨を察して、私は慌てて首を振る。

「シアターなんて、行けません」

現実に賭博行為が行われている各シアターへの立ち入りは、二十歳以下は保護者の同伴が必須だ。同伴があったとしても、換金出来ないコインゲーム以外はプレイすることも禁じられている。だからこんな名刺をもらっても、入ることは出来ないと私は言った。

「馬鹿ね」

けれど、アンデルセンはまるで愚かな子供を見るような、呆れた、けれど慈愛の滲む目で言った。

「貴方、自分を誰だと思ってるの？」

この湾岸地域で。

あたし達より我が儘が言える少女がいて？

その、あまりに傲慢な言葉に、私はめまいを覚えた。彼女は私に、特権階級であれと言っているのだった。その特権こそが、自身を高めるのだと。言いたいことはわかった、けれど。

私はその、上等な名刺を眺め、英字を眺めながら、思い出す。歓楽街の夜の闇に溶けるような、あの人の言葉を。

「…………身体を売っている、って言われたんです。この人に」

そしてその言葉に、反論出来ない自分がいた。歓声を浴びる涙海を見ながら、彼女が若さと美しさ、その身体を売っていると、一度でも思わなかったか？　まさにそれが、見るに堪えないと言われてしまったら。

アンデルセンは私の言葉に、綺麗に描かれた眉を上げた。

「まぁ、失礼ね」

その言葉には、これまでのような冷徹さはなかった。小さく頬をふくらませる、計算し尽くされた愛らしい顔で小首を傾げると。

「そんなことを言う愚かものがいたら、是非こう教えて差し上げて」

次の瞬間、歌姫の声が、鞭のように私を打った。

「あたし達、命を売ってるのよ」

五代目の歌姫、アンデルセンは少女のように微笑んでいた。そこに嘘はなく、そして一握りの誇張もなかった。だからこそ私は彼女の言葉に呑まれた気がした。それからアンデルセンは財布を鞄にしまい、打って変わって、小さな声で呟いた。

「それじゃあ、涙海にもよろしく言っておいて頂戴」

その言葉に、私はある可能性に気づいて、瞼を伏せ、震える声で呟いた。

「……私のことも、調べたんですか」

その言葉に、意外なほど、やわらかく歌姫は笑った。私を安堵させるように。

「あの病院の院長先生は口のかたい人よ。大丈夫」

こたえとしては、充分だった。そのことに驚愕はしなかったけれど、院長という言葉を聞いて、私は顔を上げていた。

「涙海は」

治りますか、と聞こうとして、口をつぐむ。水分の多い、アンデルセンの目がこちらを射貫いていた。やはりそれは、私の胸には針のように感じられた。だから言えなかった。

ここで、もしも、涙海は治るのかと尋ねて。

治らないと言われたら。彼女の身体は、もう元には戻らないと言われたら。

私の足場は、いともたやすく崩れてしまうだろう。そうでなくても……。

「いいことを教えてあげる」

ふと、アンデルセンが手を後ろに、覗き込むようにこちらを見上げて、

「あたし達が、曲芸学校で習うことよ。貴方は通ったことがないだろうから、あたしが教えてあげるわ。あたし達は常に同じ演目に命をかける。だからこそ、求められるのは完璧ではないの。一日一日、花の表情が違うように、不完全であれ。未熟であれ。不自由であれと教えられる」

いつもはうたうばかりの唇が、朗々と告げるのは、彼女達の理念だった。

「あたし達には長い命は与えられていない」

海を泳ぐ、魚のように自由がありながら、それが円柱の水槽であることに、彼女達はすでに気づいている。

「だからこそ、永遠が欲しいと、うたい続けるのよ」

永遠をちょうだい。

貴方の心。それだけが。私の生きる場所。

サーカスへと招く、彼女の歌を思い出す。それから、歌姫は控え室を出て行く間際、私に囁いた。やはり、母親のように優しい口調で。

「しっかりなさい。あの子のかわりなら幾らでもいる。けど、貴方にしか、あの子の名前は守れないのよ」

そして私を置いて、去っていく。

アンデルセンからは、海に似た爽やかなにおいがした。

人魚姫のようだと、呆然と私は思った。

化粧は仮面だ。魔法でもある。

多くの少女達がそうであるように、私は、私達は小さな頃から化粧が好きだった。母親は私達の化粧遊びを咎めることはなかったし、逆に教えてくれることとさえあった。なにが楽しかったかといえば、自分と同じ顔のマネキンがあることだった。私達は交互に互いの肌の毛穴を埋め、唇を塗り、目元を描き、そして同じ顔をつくり上げることに楽しみを見いだしていた。

上手く出来ると、母親を騙しては困らせた。「貴方が涙海？　それとも愛涙？」と問われるのが楽しかった。幼稚な遊びであったから、わからないふりをしてくれていたのかもしれない。舞台化粧を、涙海は何度も私の顔で試していた。だから、涙海の化粧の癖もわかっているつもりだった。

顔を化粧でかため、パーティドレスを着て、夜に浮き立ちはじめた湾岸地域を歩く。ピンクパールのミュールは、歩く度に鳴った。

すれ違う人々は何度も私を振り返る。足を止めれば話しかけられるとわかっていたから、口を強く結んで大人達の間をすり抜けた。

湾岸地域には幾つも、飲食店やホテル、そしてシアターと呼ばれるホテルに併設された賭博店が並んでいた。どの店でも酒を提供しているため、未成年は保護者の同伴なくしては入ることが出来ないはずだった。

湾岸地域の中でも一際海に近い所にある、ブラックジャックシアターの入り口で、受付の若い男性は私を見て眉を上げた。子供がくるのは困る、という顔ではなかった。私の姿に目を奪われたのだとしたら、勝機はある、と私は思う。

私は戦いにでも行くつもりだった。途中で退けられることも、覚悟の上で。

「人を探しているんですが」

受付のボーイに名刺を出す。

「この人を」

ボーイは名刺を見て、「お待ち下さい」とうやうやしく頭を下げた。デスクを離れようとし、他の客が私に話しかけようとしているのに気づいたのか。

「こちらに」

ひとりにされることはなく、連れられて歩き出した。

私達の劇場と同じく、シアターの人間は一流の接客が求められている。外国人の旅行客も多いこの湾岸地域は、今やこの国の顔となりつつあった。

脳裏に思い浮かべるのは涙海、それからあの、蠱惑的な美しさの歌姫のことだった。イメージするのは、ロープを渡るような緊張感。誰もが私を見ているのは、当然のこと。

私はブランコ乗りのサン=テグジュペリなのだから。

シアターの中はダンスパーティのようにきらびやかだった。男性は黒や灰色のスーツ。女性はナイトドレス。皆飲み物や煙草を手に、テーブルを眺めたりゲームに興じたりしている。

中でも、人だかりが出来ているカウンターがあった。その正面で、人の波を一手に引き受けるようにカードをシャッフルしているのが私の探し人だった。長い黒髪。やはり黒いサングラスをかけて、タキシードの上着は脱ぎ、ベストだけだった。案内してくれたボーイがピットと呼ばれるカウンターに入り、何事か耳打ちすると、私に気づいたようだった。

「これはこれは」

その人——アンソニーが手を前に差し出すと、人の波が割れた。皆が振り返り、目を見張るのがわかった。私はその人の道の中を進みでる。前だけを見て、足が震えないように。唇を噛まないように。

アンソニーは以前と同じように、端整な顔に仮面のような笑みを張り付けて言った。

「この国のサーカスはどうやらテーブルに出前にくるらしい」

その言葉に人々がざわついた。私の正体を確信したようだった。アンソニーは続ける。

「ブランコが必要ですか？　それともお忍びでしょうか。星の王女様」

私は意を決して、言った。

「貴方に会いにきたの」

その言葉に、アンソニーは眉を上げ、皮肉に唇を歪めて笑った。

「おやおや。私は仕事中なのですが」

聞き分けのない子供を相手にするような口調だった。けれど「そう言ってやるな」と言ったのは、周囲の客の方だった。

「せっかくの、サン＝テグジュペリのお誘いを断るなんて」

そんな言葉がさざ波のように広がった。私は周囲を見回し、ぎこちない笑みをつくる。保護欲をかきたてる少女らしく、たどたどしく。

「仕方がありませんね」

アンソニーは大仰に肩をすくめてみせると、ピットからでてきた。上着を着ていないと、その長い足がより強調されて見えた。

彼が先に立ち、シアターの隅へ。バーカウンターの前に立つと、「なにか飲まれますか？」と尋ねられた。私は首を横に振った。三文芝居につきあわされているようで、気分が悪かった。

「……どうして、あの日エクストラシートを購入されたんですか」

私は単刀直入に聞いた。それだけは、聞いておきたかった。あの名前で買われた席は、涙海のものだから。

アンソニーは細い外国製の煙草に、オイルライターで火をつけながら言う。

「特に理由はない。有り金のなくなった客が、これ以上貯金を切り崩すと奥方にばれると言って」

横顔を眺めると、黒い瞳が見えた。こちらを向いてはいなかった。

「出してきた金券があれだった」

アンソニーの説明は単純だった。「じゃあ」どうしてブランコ乗りを選んだのかと聞いたなら。喉の奥で笑う。

「フランス名でアントワーヌ。アメリカ名でアンソニー。アントワーヌ・ド・サン＝テグジュペリ」

同じ名前だったから、とアンソニーは言った。首を傾げるように振り返ると、肩を髪がすべり落ちた。

「ただ、それだけだ。安心してくれていい」

とやはり、かんに障る言い方で。

「他の誰であっても、出て行ったことに変わりはない」

と言った。私は震える拳を胸元で押さえ、空気を飲み込むようにしながら、言う。

「それでも、つなぎ止めておけなかったのは私の責任だと思います」

他のなにがつたなくても、未熟でも。私の演技ひとつが美しければ。もしも涙海であったなら、彼を中座させたりしなかったと、私は確信していた。けれど、アンソニーはやはり、サングラスの奥でかすかに笑うと、私の耳元に唇を寄せて。

「ストリップ・ショーならもう少し色気を出した方がいい」

甘いオーデコロンの他に、異国の煙草の苦いにおいがまざっていた。

「それとも、服の脱ぎ方から教えるべきかな？　幼女趣味はないが、上手く客を誘えるように、助言をしようか」

その言葉と、あからさまな嘲笑に、私は押しのけるようにアンソニーの胸に手を当てた。

「最低」

吐き捨てる。睨（にら）みつけ。

「歌姫のアンデルセンが言っていました。私達は身体を売ってるんじゃない。命を売ってるんだって」

早口で言えば。「そうか」とアンソニーは、煙草をつぶしながら告げた。

「命を売って得意になれるのは子供の特権だ」

そんなものには、若い少女の肢体ほどの価値もない。笑みも浮かべず吐き捨てるように言った。カウンターのショットグラスを手にとり唇を濡らすように一口だけ口にすると、ブラックジャックのピットへと戻っていった。

私は立ち尽くしたまま、かつてのようにしばらく呆然としていたけれども、二度目ともなれば、腹の底の熱の名前もわかっているつもりだった。

唇を嚙み、大きく踏みだす。そして人の波をかき分けて、ブラックジャックのピットに。背の高い小さな椅子に座ろうとした紳士に、「すみません」と声をかけると、相手も私の顔に見覚えがあったのか、眉を上げた。

「一度だけ、座らせていただいてもいいですか？」

丁寧に頼むと、もちろんとにこやかに、席が明け渡される。ディーラーはそれを止めることはなく、周囲の客もざわついた。

「賭けます」

わざと、大きな声で。腹の底の熱を吐くように、真っ直ぐアンソニーを見て言った。

「私が勝ったら、いつでもいい。もう一度サーカスを見にきて下さい」

カードを切るアンソニーの口元には笑みが浮かんでいる。けれどそれは、張り付けられただけの冷たい仮面だと思った。

「負けたら？」

低い声で聞かれ、私は喉を鳴らす。けれど臆せず、言った。

「先日のエクストラシートの代金はお返しします」

楽しんでもらえなかったのだから、それは、当然のことだと思った。もちろん、私にはパトロンシートを買えるような貯金などなかったけれど、それで彼女の名誉が回復するのなら。けれどアンソニーは小さく肩をすくめて。

「あまり旨味のない賭けだな」

とやはり、憎たらしい言い方をした。ここでも周囲の客の方が、「つれないことを言ってやるなよディーラー」と私を擁護した。きっと、他では見られない余興に出会えたと思っているに違いない。

「サーカスのサン＝テグジュペリを相手にカードを切れるなんて、光栄じゃあないか」

こう言われることを期待していた部分は大きかった。彼がどれほど無礼な人間だとしても、仕事に誠実であるとするならば、ここで無下には追い返さないと。私の予感は当たり、短い息を吐くと。

「それではアップカードから」

指輪をはめた長い指が、カードを、投げた。

ブラックジャックはカジノのテーブルゲームの中でも、覚えることが少なくとっつきやすいゲームだ。ルールは単純。配られたカードが、21により近い方が勝ち。もちろん、だからといって簡単なわけではない。

私達は学校の休み時間や宿泊体験で、ヘアピンやお菓子をチップにしてカードゲームに興じた記憶がある。カジノで働く家族を多く持つ学校の特色なのかもしれない。

「ダブルデッカーで行いましょう。どうぞ皆さんもご一緒にお楽しみ下さい」

とアンソニーが言う。使用するカードは二組という意味だった。使うデッキが少ないほど、手は読みやすく、客に有利だ。ディーラーである彼が私の方にカードを投げる。表を向けて、一枚。自分の方にも、また一枚。

私に配られた最初の一枚はスペードのAだった。息を呑む。花に囲まれた大きな黒いスペードの中に、まがまがしい蜂の巣が描かれている。カジノを、そしてブラックジャックを象徴するような札だ。

彼はクローバーの6。

もう一枚の私のカードは、ダイヤの5。彼のもう一枚はクローズドされたまま。この時点ですでに、双方の手がちょうど21、ブラックジャックである可能性はなくなった。私の数値は、Aを11と数えれば16であり、1と数えれば6である。

「追加カード（ヒット）だな」

周囲の客達が、口々に言う。私も無意識に頷いていた。

「もう一枚、お願いします」

次に投げられたのは、ダイヤの10だった。むう、と周囲からうなり声がする。私も唇を噛んで考え込んだ。

10以上のカードがでたため、Aを11とみなすことは不可能になった。つまり、私の持ち点は、1、5、10、で……16。

もう一枚追加（ヒット）したとして、6以上のカードがでれば破産（バースト）して自動的に私の負けとなる。他のゲームと同じように、欲を出して負ける時は一瞬だ。

「これは迷うな」

「いやいやしかし……」

周囲が苦く相談をしあっている。私は、伏せられたカードと、アンソニーの手札を予測する。アップカードは6。ブラックジャックでは、一番出現率の高い数字は絵札の10だ。Aであれば負ける。どちらにせよ、A以外のカードならば彼はもう一枚を引くことになる。

「ディーラーも6だ。彼のバーストを狙うしかないだろう」

「私ならもちろんヒット」

囁きが飛び交う。私は喉を鳴らし、アンソニーの顔を見た。彼の顔に張り付いた冷たい笑みを見ながら、考えたのは、涙海ならどうするかということだった。私ならば、低い確率に賭けるよりも、このまま親の破産を待つだろう。

けれど、あの子ならば。真っ直ぐに前を見て、躊躇わずに言うだろう。

「もう一枚よ」

観客がどよめいた。アンソニーの顔は、薄い笑みが張り付いたまま、なんの感情も映してはいなかった。長い指がデッキから一番上のカードを引き抜き、私に投げた。

わっと、歓声が上がる。

私に配られたカードは――ハートの4だった。

1、5、10、そして、4。あわせて……20。私は破産ギリギリで踏みとどまった。思わず止めていた息を吐く。

「さすがだ」

「こいつは持ってるな！」

「やはりサーカスの花形はこうでないと駄目だ」

勝負にでた私を、人々が口々に褒めそやす。私は緊張からか上手く笑い返すことは出来ずに、終了（ステイ）の合図を送った。

アンソニーが、伏せてあったホールカードを開くと、そこにはクローバーの10があった。彼の持ち点は16。もう一枚を引かなければならない。

「やっぱりな」

「私は予想していたぞ」

「今夜のツキのために、サン＝テグジュペリにサインをいただきたいものだ」

すでに勝利した気になっている周囲の人々の中で、私はわずかな不安を払拭出来ないでいた。確かにこれ以上の手はない。彼が引くもう一枚が、４であれば引き分け、３以下であれば私の勝利、そして6以上であっても、私の勝利だ。確率だけならば、圧倒的に私が有利。

けれど。

彼は、もしかしたら……。

長い指が翻り、追加したカード。それは。

「馬鹿な！」

さっきよりも大きな歓声がテーブルを包んだ。怒号のような歓声。甲高い口笛。笑い声。拍手。

アンソニーの引き抜いたカードは、クローバーの、5だった。

10、6、そして、5。彼の札の合計は――21となった。

20と21。客達は私の健闘をたたえたが、それでも勝負はくつがえらない。唯一にして完全な、私の敗北となる手札だった。アンソニーは張り付けたような笑みのままで言う。

「楽しい勝負でした。もちろん、賭け金などはいただけません」

白々しいほどに、よく響く声で。

「皆さん、美しく勇気あるサン＝テグジュペリに拍手を。次にサーカスに遊びに行かれる際は是非、彼女をご贔屓に」

それからピットをでてくると、「お送りしましょう」と私の前に立った。客達の拍手がよろめく私の背中を押す。せめて、俯かないようにするのが精一杯だった。笑うことは出来なかった。舞台で失敗をした日の涙海のことを思った。腹の底に、湧いていたのは悔しさだった。

ベガス上がりのマジシャン。アメリカ国籍で手先が器用な、ブラックジャックディーラー。こんな風に思うことは負け惜しみにもならない惨めさでしかなかったが。

シアターの入り口まで送られて、私は思わず口に出していた。

「イカサマだわ」

その言葉は、アンソニーの耳にまで届いたようだ。ふっと彼は唇を曲げる、独特な笑い方をして。

「いいや」

惨めな私の負け惜しみの言葉を、決して否定はしなかった。

「イカサマじゃない。これがショーだ」

そしてカードを二枚、私の胸元にねじ込んだ。突然の行為に、私が眼球まで凍りつかせていると、耳元に、蠱惑的なまでに低い声。

「ゲストとして盛り上げてくれた礼に、いいことを教えて差し上げよう」

甘い香りが、鼻につく。

「勝利の鉄則は降り時を見極めることだ。勝っている時に、降りろ」

意味がわからず、顔を歪めた私に、もう一言。

「命が惜しければ。……このシーズン、ブランコ乗りは、命まで狙われるかもしれない」

それだけを言い残し、アンソニーはシアターの中へと戻っていった。

私の胸に残されたのは、勝敗を分けた、ハートの4とクローバーの5だけだった。

幕外　カジノチケットポータルサイト　コメント欄

mst ××××　2019.4.13
初めてアンデルセンの歌を生で聴くことが出来ました。
感激です！

orn ××××　2019.4.13
ブランコ乗りのプラン変更そのまま。シーズン中に演目構成をかえることはそうそうないのでは？
怪我などの影響か、心配。

332 ××××　2019.4.13
天井席でしたが楽しむことが出来ました。
最高の音響ですね。

ppp ××××　2019.4.14
15日のソワレ、パトロンが途中退席をしていて気分が悪かった。

最後まで見られないなら権利を譲るべきでは？　誰の指名？

goh ×××××　2019.4.14
退席も仕方がないこと。私はちょっと気持ちがわかった。
応援している演目者があれじゃあ……。ちょっと見てられなかった。

sit ×××××　2019.4.14
15日夜チャペックのプログラムはくるみ割り人形。
彼女の表現力が一番好き。
最後の笑顔、満点でした。

lnd ×××××　2019.4.14
15日帰り際、ブランコ乗りを見かけたような気がしました、誰か見ませんでしたか？

goi ×××××　2019.4.14
還暦の母を連れて観劇。大変よい思い出になりました。

次の10件∨

第二幕

ブランコ乗りの
サン＝テグジュペリ

Act 2

心を形作るものはなんだろう。

時折そんなことを考える。両親から受け継がれた遺伝子が、この身体の設計図だということは学校の授業で学ぶ。そうでなくても、双子として生まれたというだけで、特別に感じることさえある。

同じ遺伝子と、同じ細胞を持つ、世界でただひとりの、もうひとり。二つではなく双つのものとして生まれた私達は、母の教育もあって、相似形であろうとつとめてきた。なるべく同じものを食べ、なるべく同じ運動をし、なるべく同じ時間に眠り、なるべく同じ服を着て、なるべく同じ本を読んだ。それを窮屈だと思ったことは決して少なくないし、私達のアイデンティティは大いに歪んでしまったのかもしれないけれど。どちらかといえば、それらは愉快な行為だった。少なくとも、ひとりぼっちで大きくなるよりも。嫌なことも倍あったけれど、楽しいことも倍ある日々だったのだろうとこの年になっても思える。

他の双子が、一般的にどのように生きているのかはわからない。私は十九の年になるまで、自分達以外の双子とは出会ったことがなかった。それが進み続ける少子化の結果なのか、偶然なのかはわからないけれど。

出来うる限り、同じであろうとつとめてきた私達は、けれど、かなりはやい時期から、心のありようはまったく別のものだったような気がする。

病院の廊下に吹き込む風は、かすかに夏の気配をはらんでいた。

清潔な空間だった。花瓶に生けられた花の水を替えるために、院内の手洗い場までやってきた。個室の洗面台は小さくて具合が悪かったのだ。

廊下の角を見ても、塵ひとつない清潔な空間だった。白い花瓶には、自分の顔が湾曲されて映っている。今日は劇場に行かないので、化粧もしていなかった。なんのレイヤも重ねていない顔つきは、やはり双子の姉のものとは少しずつ違っている。

花瓶の中ほどまで水をため、抱えたまま病室へと戻った。個室の扉に触れるとセンサーが働き、自動で開く。ベッドの中はカーテンで区切られて見えなかったけれど、そこから小さな声が聞こえた。

「った！」

「涙海……！」

私は近くのデスクに花瓶を置いて、慌てて駆け寄った。ベッドから降りようとした涙海が体勢を崩して床に尻餅をついていた。

働きにでている母にかわり、日中は私が病院に詰めていた。入学したばかりの大学にはしばらく、休学届を出すことに決めた。大学のことは気になったけれど、それよりも、双子の姉の世話と彼女から託された役割の方が私には重要だった。

「だから、駄目だって言ったのに！」

腕を抱えるようにして持ち上げると、不自然な軽さだった。

少し痩せた、と思ってひやりとした。もしかしたら、筋肉が落ちてしまっているのかもしれない。当たり前だ。彼女は難しい手術ものり越え、生きていくだけで鈍い痛みと苦しみを伴う日々にも弱音ひとつ吐かずに耐えているのだから。

私の双子の姉である涙海が練習中に事故をおこして一週間が経った。麻痺を残した彼女の片足は、まだ自由には動かないようだった。リハビリをすればきっとよくなるだろう、と母は言ったけれども、なかなかはじまらないリハビリのカリキュラムに痺れを切らし、涙海は医師や看護師の目を盗んでは動こうとした。その度に、私や母は肝を冷やさなくてはならなかった。

「お医者さんも、まだ無理は出来ないって――」

「無理をしないと、身体はつくりかわらない」

ぴしゃりと叩くように、涙海がそうこたえた。痛みに顔を歪めながら。

赤ん坊の頃のやわらかさはすでに失った身体を、今一度つくりかえようとするその覚悟に私は言葉を失い、途方に暮れながらも、ゆっくりと彼女をベッドに座らせた。

ベッドには幾つかの、くたびれた文庫本が散乱していた。『星の王子さま』。『人間の大地』。それから、『夜間飛行』。

音楽プレイヤーのイヤフォンからは、サーカスのバックグラウンドオーケストラの音が漏れていた。

彼女の魂はここにはいないのだと思った。身体はここにあるのに、心は遠くに行ってしまっている。

遠く、あの舞台の上。スポットライトが照らす場所に。

そして抜け殻となった涙海の横顔には絶望が滲んでいる。同時に、彼女の目には不屈の炎が揺れているようだった。黒い瞳は強く、暗く光っている。その光は私のような凡人にはおそろしく感じられ、同時に闇の中のたいまつのように安堵させもした。彼女は諦めていないし、誰よりも強い覚悟を持っている。涙海は、成し遂げるだろうと信じることが出来た。

私の知る限り、どんな大人よりも、どんな男の人よりも、涙海は強い人だった。だから、私は双子でありながら、彼女をはっきりと「姉」だと認識していた。そして自分は、不肖の「妹」であると。同じ年齢、数ミリしか違わない背丈であっても。

涙海は、私の姉であるし。

私の誇りだった。今でも。

「舞台の方はどう？」

痛みと憤り、そして不安を振り切るように、涙海が早口で尋ねた。私は即座に返事が出来ず、自分の手で自分の指を握って、舌で内側の歯列をなぞりながら言葉を探した。

「……わからない。上手く、出来てるか」

自信がない、とかすれた声でこたえた。シフトに定められた、週に数日、私はサーカスの舞台に立っていた。その時間は私にとっては苦痛以外の何物でもなかった。ミスなく演目を終えることが出来ても、耳に届く拍手は白々しかった。私は偽物だから。拍手には、ふさわしくはないから。

「大丈夫よ。充分にやれてるわ」

慰めるように涙海が言う。

「愛涙は自分が思っているよりも、実力があるんだから」

だって、わたしと今まで、練習してきたんだものね、と涙海は淡く笑った。

でも、と思わずにはいられなかった。でも、観客が求めているのは、私ではなくて、涙海だから。

私は永遠に間にあうことはないし、永遠に追いつくことなどありはしない。

涙海が戻るまでだ。せめてこのシーズンだけでも、涙海の立場を守れたらいい。そう思っていた。

(せめて、このシーズンだけ)

そこまで思って、ふと、不穏な言葉が脳裏をよぎった。涙海と顔をあわせる度、何度も喉まででかかり、そして言い出せなかった言葉だった。

「……ねぇ、涙海」

アンソニーという名前の、許しがたいカジノディーラーのことは、彼と勝負の前に交わした会話だけ、涙海に伝えていた。その言葉を聞いた涙海は鼻を鳴らして、「馬鹿にしてる」と吐き捨てた。多分、歌姫アンデルセンもまた、私の話を聞けばそのようにするのだろう、という予感があった。

私が伝えたのは、彼と行った勝負まで。その後の会話は、渡された二枚のトランプと同じく、胸にしまったままで見せてはいない。

なんと言っていいのか、わからなかったからだ。

『……このシーズン、ブランコ乗りは命まで狙われるかもしれない』

妖しく美しい、カジノディーラーの男の言葉はまるでたちの悪い予言のようだった。その意味は、未だにわからない。わからないけれど、思い返すのは、目元を黒く塗りつぶされたサン＝テグジュペリのフライヤーだ。

誰かが、サン＝テグジュペリを陥れようとしている、としたら？

出来るだけ平静を装った声で、私は言う。

「……涙海は、サーカスで、なにか……嫌がらせをされたことって」

あるの、と聞く前に。

「なにをされたの？」

涙海の言葉ははやく。私の腕を引く行動もはやかった。黒い瞳を上目遣いにし、真っ直ぐこちらを見つめて。

なにかされた、ではなく、なにをされた、と涙海は私に尋ねた。それはすでに、私の問いの確かなこたえのひとつのようにも思えて、私は眉を寄せてしまう。

サーカスと学校にまつわる不穏な噂や、時折荒れた様子で家に帰ってくる涙海の不機嫌な横顔を思い出す。私にはどうにも出来ないことだからと、わざと見ないようにしてきたそれ。

俯いて私は言う。涙海の目は強く、逃げることは難しかった。

「もしも、なにか、誰かに、嫌がらせみたいなことを、されたとしたら」

どうしたらいい？　と私は尋ねる。私はどうしたらよくて、涙海は、これまでどうしてきたのかと。

涙海は、そこではじめて、半分瞼を伏せて下を見た。涙海の丸い眼窩に、青い血管が浮いていた。唇もまた、同じようにわずかに青かった。

「ごめん。……耐えて、としか言えない」

感情を抑えた声で、吐息のように涙海は言う。それから、腕を引いていた手を、私の胸元に置いて、視線を上げて言った。

「嫌な気持ちになったらこう思って。悪意をぶつけられているのは、わたしであって、愛涙じゃない、って」

悪意をぶつけられる、と涙海は表現をした。それは、物事を受け止め、理性的に解釈をした結果の言葉選びであるように思えた。だから私は目を細め、重ねて尋ねていた。

「涙海はそれに、耐えられるの？」

たとえばあんな風に。見えない悪意を丸めてぶつけられたとしても。大丈夫だと、思えるの？

私の問いかけに、ふっと涙海は、笑う。綺麗な笑顔だった。美しい、笑顔だ。

「理不尽な嫌がらせを受けるのは、勝者の特権だと思うことにしてるから」

強がりではない言葉だった。唐突に、女神のようだなと思った。同じ顔なのに、神々しくて、私の、絶対的な上位にいる人の顔だと思った。誇らしいほど、悔しさも感じられないほど、確かな実力差のある「姉」だった。

「ん」

と頷く。私の方は、泣き笑いのような表情になってしまったけれど。

勝者の特権だと涙海が言うのであれば、無理にそれをとりあげる必要もないし、私が気に病む必要もないのだと思った。その上で、やはり、せめて。守りたいなとも思う。

この立場にいる、貴方を。理不尽な暴力から守りたい、と。このベッドの上にいる間は。はやく舞台に帰りたいと思っているであろう貴方が、一刻もはやくあるべき場所に帰れるように。貴方に向けて振りおろされる悪意を、受け止めることが、私の出来る精一杯なのかもしれないと。

そう思えばどんなことでも耐えられる、と思っていた時だった。

「愛涙」

覗き込むように、ベッドに座る涙海が言う。

「ステージは、まだ、辛いだけ？」

その言葉に、私は視線を泳がせこたえを探し、それでも沈黙するしかなかった。涙海のかわりに立つステージは、偽物の私には荷が重く、辛い。それは確かな事実であったから。

私はこたえられなかったが、私の気持ちは涙海にはきちんと通じたようだった。双子だからなにもかもがわかるわけではない。それでも、やはり、他人よりはずっと、私達は互いが互いに通じやすかった。

涙海は私から手を離し、肩を落とすように息をついて。

「少しでも、楽しんでもらえたらいいんだけど」

そう、ひとりごちるように呟いた。

私はその呟きに返す言葉を持っていなかった。楽しむ、ということがどういうことかわからなかったし、私が楽しんでいいものだとも思わなかった。

そうして私は涙海の不自由な足をちらりと、気づかれないように視線でなめて、私がかわりになればよかったのだろうと、詮のないことを思うのだった。

怪我をしたのが私なら、どれほどよかっただろう。そう思うと、自然と気持ちが暗くなっていく。そんなことは出来ない。わかっているけれど。それでも、ベッドに横たわり、せっかく整えた筋肉を溶かしていく彼女を見るにつけて、かわれるのならばかわってやりたいと思うからこそ、私はこの嘘をつき続けるのかもしれなかった。

「やっぱり涙海はすごいよ」

暗い気持ちを振り切るように、無理に笑って私は言う。

「あのステージを、楽しいって言っちゃうんだから」

私には出来ないよ。そう言ったなら、涙海は自分の膝に頬杖をついて、遠くを見る目をした。

「わたしには」

白い病室に涙海の声だけがこだまする。

「ステージから見る客席が、黄金色の丘に見える」

言葉の意味は、わからなかったけれど。

その横顔を見ながら、美しいなと、再び私は思う。この美しさは、きっと形ではないのだろう。だって、私にはないものだから。

同じ母親の腹から、同じ細胞と、同じ遺伝子を持って生まれてきたのに。同じ物を食べ、同じ動きをして笑いあったのに。

どうして心は、いつの間に、こんなに遠く、こんなに違うものになってしまったのだろう。

土曜日の昼間興行は、満席とまではいかなかったが、あらかたの席は埋まっていた。

ブランコ乗りの演目を終えた私は、拍手に追い出されるように舞台の袖に入り、壁際にうずくまって呼吸を整えた。今日の演技はどうだっただろう。目立ったミスは、なかったと思う。

公演プログラムの関係から、数日ぶりのステージだった。涙海と相談し、演技の流れも私のやりやすいものにかえた。プロデューサーにも悪くないと言ってもらえた。練習では出来た。だから、出来るはずだった。出来たはずだった。

止めていた呼吸を再開すると汗が噴きだすのがわかった。緊張はなかなかほどけなかった。身体がきしみ、めまいがした。三半規管の酷使のためではなく、もっと、精神的な理由からだった。

「大丈夫?」

声をかけられて肩を震わせた。あまり情けない所を見せられないと思った。この姿で、この名前で。立ち上がると、吐き気がした。

「ちょっと」

肩を押さえつけられるように、薄暗い舞台袖にもう一度座らされる。「そんな顔色で戻れないでしょう」と囁いたのは、猛獣使いのカフカだった。彼女は舞台化粧のまま、まだ獣と油のにおいの残る冷たい手で、私の目元を覆った。

我をうしなった獣を扱うのには慣れた手だと思った。

「よかったと思うよ、今日の」

耳に触れるアルトも、まるで鎮静剤のようだ。たとえ相手に伝わらなくても心を尽くす、彼女にはそれだけの誠意がある。さすがは猛獣使いだと、どこか遠い意識の中で思う。浅い息を繰り返し吸っては吐く。

「涙海らしかった」

鎮静剤は麻薬と紙一重なのだろう。幾分気持ちが落ち着き、「ありがとう」とかすれた声で私は言っていた。

そうであればいい、と私は思った。それがただの慰めであったとしても、うのみにすることは出来なくても。誰かに労られるということは心地よいことだ。

なんとか立て直そうと、カフカの手首を持って立ち上がった。その時だ。

「邪魔よ」

それまでの穏やかな低声とは打って変わって、鞭のようなしなやかな高声がした。照明の落ちた薄暗い舞台袖に、白くぼんやりと浮かび上がったのは、海洋生物に似た美しさの、歌姫アンデルセンだった。

「どきなさい」

かつて涙海のことを女王様だと言ったアンデルセンは、姫君のように厳しい声で言うのだ。下等のものを見下すかのような視線は、私ではなく、その隣のカフカを射貫いていた。カフカはなにも言わなかった。従順に、闇に消えていく夜の生き物のようにすっと席を外した。私もそれに従い、まだ雲の上を歩むような不確かな足取りで立ち去ろうとして。

「サン＝テグジュペリ」

そう、名指しで呼び止められた。振り返ると、これまでのカミソリのような鋭利さは霧散し、たおやかであでやかで、自由で奔放な姫君の微笑みがそこにはあった。

グロスでかたどった唇が三日月のように湾曲し。

「あの男はどうだった？」

と、私の肩に手を置き尋ねる。高級な花の香りがふわりと広がった。舞台にでる時と、プライベートで、まとう香りをかえているのだと思った。

そんな彼女が問いの中で、誰のことを指しているのかはすぐにわかった。「あの男」とは、彼女の手引きで会えたようなものだったから。

「……あの」

私は視線をさまよわせる。脳裏に浮かぶのは、夜を溶かしたような彼の髪とサングラスだった。そしてきらびやかなあの世界と。甘いというにはあまりに屈辱的な言葉を吐く、声。

思い出したくもないし、口にしたくもなかった。けれど、彼女には説明しなければならないのだろう。

アンデルセンの、瑞々しすぎる眼球から逃れるように視線を外して、自分の肘を抱きながら言う。

「……誰でもよかったんだ、って言っていました。私じゃなくても中座しただろう、って……」

私の声は無様にかすれていた。渇いた喉だったから、仕方がなかった。劇場はいつも空気が乾燥している。

まるで私は干上がりそうなくらげのようだと、アンデルセンを見ながら思った。

そのこたえに、アンデルセンは「ふふっ」とさも愉快そうに笑った。さも愉快そうに、けれど、底冷えのする目だった。

そして私に対しては、酷く穏やかな口調で言うのだ。

「……また、きてくれるといいわね」

今度は、あの子が、帰ってきた時に。

その囁きを聞いて、私は言葉に詰まる。アンデルセンは私に尋ねたけれど、もしかしたらこたえなんてとうに知っていたのかもしれないと思った。私と、彼の、あの勝負を。ハートの4とクローバーの5が分けた、結末まですべて。歌姫アンデルセンの情報網は、まるで、千里眼のようだから。

本当のことは、なにもわからないけれど。

やがてオーケストラが彼女を舞台へと呼び寄せるだろう。演目を終えた私は粛々とその姿を見送らねばならない。けれど。

「あの、」

その背に、言葉を投げる。彼女は振り返る。振り返るからには、聞く時間はまだあるのだろう。

誰に手を引かれようと、彼女は、己のでるべきタイミングで舞台へと躍りでるはずだから。だから、この、私に許された時間のうちに、問いかけを口にする。

「あの人に言われたんです。勝負は、勝っている時に降りろって」

我ながら、唐突な言葉だと思った。けれどこれが、アンソニーというカジノディーラーの言葉そのままだった。

そして私は、オーケストラの音楽にかき消されないように、言う。

「私達、今、勝っていますか?」

それは、彼に言われてからずっと気になっていたことだ。勝者の特権だと涙海は言ったけれど。

私達は本当に勝っているのか?

無理を重ねて、身体をつくりかえ、心を曲げて。嘘さえも重ねて、ただ必死になって。永遠なんてないのに。

どこにもないのに。

ここにいることは、本当に勝利だといえるんだろうか。

私の愚かな問いに、アンデルセンは、母のように笑った。どうしようもない娘を、仕方なく叱るような、億劫でうんざりとした、それでもやわらかな笑顔で。

「あの子の勝ち負けは、あの子が決めるでしょう」

やはり母のようなこたえ方を、アンデルセンはした。私の欲しいこたえとはほんの少し論点をすり替えずらして。それはまるで、詭弁のようなこたえでもあったが、彼女自身の口からはそうとしか言えないのだろう。逆に、問い返される。

「貴方も自分で決めていいと思うわ。どう?　勝ってる?」

母のようにうろんなこたえかと思えば、子供のように無邪気な問いかけだった。私は視線を泳がせ、「私は」という呟きの次に「……私なんて」という言葉が口をついてでた。

私のような人間が、こんなところで勝利を感じられるはずがないだろうと。

私のこたえに、アンデルセンが目を細める。

「気づいていないのね」

それから、オーケストラの演奏にあわせて、まるでうたうように言うのだ。

「学校にも通わず、訓練も受けず、膨大な金を積んだわけでも、有力者の力を借りたわけでもなく、舞台に立って。拍手をもらって。それがどれほど価値があることなのか気づいてもいないのね、貴方」

人魚姫のような笑み。それでいて、魔女のような笑みだった。それから、理解しがたい言葉をアンデルセンは告げた。

「貴方の方が多分、曲芸の才能があるのでしょうね。そう、天才というのかもしれないわ」

わけもわからず立ち尽くす私に、アンデルセンは吐き捨てるように言った。

「でも、あの子の方が、サーカスにふさわしいでしょう」

サン＝テグジュペリは、貴方ではない。

優しいながらも厳しいその言葉に、私は泣きそうになる。そんなことは知っている、と言いたかった。そんなことは知っている。どうしてそんな風に、言われなくちゃならないの。自分の歪んだ顔が醜いだろうことは、鏡を見なくてもわかった。

その一方で、歌姫はきらびやかで美しかった。

魔法の鏡があれば教えているだろう。世界で一番美しいのは貴方で。世界で一番、醜いのは、私。

魔女の鏡は、アンデルセンではなくグリムだったけれど。

「貴方の勝利が見つかるといいわね」

それだけを言い残し、歌姫は舞台に出て行く。

昼間興行の終わりを告げる、歌がはじまる。

小さな頃から、涙海に勝ったと思ったことはなかった。体操やダンスを、どれだけ綺麗に出来たと褒められても、私の目と心は涙海を見ていた。涙海の方が綺麗だと幼心で思っていたのだった。

曲芸学校の入試も、私は戦う前から負けていたし、涙海は逆に、戦う前から勝っていた。

『わたしは学校に受かると思う』

受験する前から、涙海は真っ直ぐな目でそう言っていた。その先の方が重要だと、彼女の目はすでに未来を見ていた。

母は私には、曲芸学校を強要しなかった。

十五の年だ。おぼろげにわかっていた。多分、ふたりの娘を特殊な私立にやるだけの金銭的な余裕は、うちにはなかったのだ。

小学校も半ばに、ほぼ別居状態にあった両親が別れた。父と母のことは、同じ家族のことでも、涙海のように手にとるようにはわからない。どちらかの気持ちがさめてしまったのかもしれないし、なんらかのすれ違いがあったのかもしれないし、もしくは、母親の、私達を曲芸子にしようという執念についていけなくなってしまったのかもしれない。

理由はもっと別にあったのかもしれないし、あるいは複合的なものなのかもしれない。とにかく、小学校の半ばに家庭の経済状況はかわった。私達の毎日の体操教室にバレエ、声楽にかけていた金も安くはないはずで、母は昼間だけでなく夜もパートにでるようになった。その生活は、涙海が曲芸学校を首席で卒業し、舞台にデビューするまで続いた。

だから、私が、曲芸子への道を諦めたのは間違いではなかったはずだと思っている。涙海は止めなかった。母も強くは言わなかった。

ただ、ひとり、体操の先生だけは残念そうな顔をした。

『本当に、いいの？』

もったいない、惜しい、と何度も言った。私はただ居心地が悪かった。評価されているというよりも責められているように感じたし、母と姉の目の届かない所に呼び出されて説き伏せられるのは、酷く悪いことをしている気分になった。

『先生は、愛涙ちゃんも充分、サーカスを狙えると思うわ』

かいかぶりすぎです、というような意味のことを、たどたどしく私はこたえた。心の中では、困り果てていた。先生はいい人だとは思っていたけれど、あまりにデリカシーがないのではないか、とも。曲芸子は、誰もがなれるものではない。だから、より望みのある涙海の背中を押してやるべきではないのか。

踊ることは、好きだった。体操も。空中ブランコの真似事も好きだったし、涙海とふたりで、新しい技を試してみることはなによりも楽しい遊びだった。

それだけでよかった、とは思わない。それだけではなかったはずだ。私の分まで、涙海は明るい高みにいってくれるのだと思っていた。だから、私のやってきたことも無駄ではないと。

事実、今、生きているのではないか。私が続けてきたことは、この日のためだったと言ったって、いいんじゃないか。

演目は大きなミスなくやれたけれど、カーテンコールにでる気にはどうしてもなれなかった。化粧台に座り、舞台化粧を落とそうと、した時だった。

(え?)

背中から心臓に杭を打たれたような衝撃が走った。それは比喩ではあるけれど、困惑したのはその衝撃の正体がすぐにはわからなかったからだった。化粧道具を入れていたポーチを、あさる。

(ない)

もう一度思う。ない、と。口元を押さえ、せわしなく眼球を動かした。ポーチの中に、携帯端末を入れておいたはずだった。エクストラシートのことがあってから、すぐに連絡がとれるようにと、ロッカーでなく控え室まで持ってきていた。化粧ポーチに入れて、ファスナーをしめて。涙海の名義の機種を。

それが、何度見てもなかった。思わず私は立ち上がって、振り返る。

「誰か……！」

その声があまりに切羽詰まっていたからか、控え室の全員の視線がいっせいにこちらを向いた。曲芸子達は、カーテンコールのためにすでに部屋をでていた。ここにいるのは、曲芸子になれないサーカス団員の少女達だった。

いっせいに力ある視線を送られ、ひるんだのは私の方だった。聞けば誰かがこたえてくれるかもしれないと思い、すぐに、そんなはずはないだろうと打ち消した。きっと、間違いない。

私の携帯端末は、盗られたのだ。

うかつだったと、言わざるをえない。貴重品類の私物は必ずロッカーに入れておけと、初日にすでに涙海に言われていた。それがどうしてだったのか、深く考えてはいなかったが、この可能性を考慮していたのだとしたら？　嫌がらせ。貶(おとし)められる。狙われている。そのつけいる隙をつくってはならないと。

私はただ、馬鹿みたいにうかつだった。思いも寄らなかった。演目にでる間、ほんの数十分の間なら平気だと。

ひとしきり自分を責めたが、盗られた携帯端末の行方が気がかりだった。壊されているのならまだいい。嫌がらせとして、海にでも捨てられているなら諦めもつく。サーカスに所属する、演目者に支給されるその端末は、本来なら涙海が持つべきもの。私に託される時に、パスコードを一時的に解除してあった。

涙海の端末には、プライベートのやりとりはほとんどなかった。今残っているものはみんな私とのそれだ。その中身が、誰かに見られ、流出でもしたら。そのまま持ち主が片岡涙海ではなく、片岡愛涙だとばれることを意味している。涙海に対して悪意を持っている相手にその情報が流れたらと思うと、目の前が暗くなった。

嘘を重ねた、私の冠が落ちてしまう。

足早に控え室をでたが、じゃあどこに行けばいいのかと自問する。プロデューサーのもとか、警察か?

(落ち着け)

落ち着け、と何度も自分に言い聞かす。とにかく、涙海に連絡をして、と思って、まずそのための電話がないことに気づいた。絶望的な気持ちになる。

動転したまま控え室を飛び出すと、ぶつかったのは、ステージから帰ってきたばかりの猛獣使い、カフカだった。

「あ、あの……」

唇を青白く震わせる私に、カフカは強めに肩を摑んで言った。

「どうしたの」

その強い言葉に、ごくりと私は自分の喉を鳴らす。そして、意を決して顔を上げて言った。

「端末を貸してもらえませんか。電話をかけたいんです」

自分の端末がないことは、伝えるべきかは判断しきれなかった。先に涙海に判断を仰ぎたかった。すべては私だけでは決められないから。

カフカは多くを聞かず、すぐにロッカールームに入るとメイクも落とさずに端末を貸してくれた。パスコードを開いて、手渡してくる。出された着信履歴の画面に、『片岡涙海』の文字が見えて、反射でタップしていた。

あとから考えれば、私は本当に、気が動転してしまっていたのだろう。涙海のスマホに、かかるわけがない、のに。

けれど、画面の向こうに、呼び出し音が鳴り出してから、そのことに気づいた。

(生きてる)

私はフリーズしていた頭を必死に回転させた。電源が生きているのならば、GPS情報がとれるかもしれない。

まだ携帯は生きていて、電波の届く所にある。それを確認して、通話を切ろうとした時だった。プツン、と呼び出し音が切れて。

『……もしもし？』

受話器の向こうから声が聞こえて、息が止まった。

『もしもし？』

重ねて聞こえた。そこにきてはじめて、声が男性のものだということに気づいた。

「あの！」

私は焦った声で言った。

『はい』

と相手がこたえた。

「あの、私、その電話の……」

『この電話の持ち主の方ですか？』

電話の向こうの声は落ち着いていた。そうです、と泣きそうな声でこたえたら、

『よかった』

と相手のほっとしたような声。

『交番に行こうか迷っていた所なんです。自販機のゴミ箱の所に置かれていて』

その言葉に、膝から崩れ落ちそうになる。ひとまずの、安堵だった。ぐっと持ちこたえると、強く端末を耳に押し当てて言った。

「すみません、今、どちらにいらっしゃるんですか？」

相手がこたえたのはすぐ近くの大きなホテルの駐車場だった。十五分も歩けばつく場所

だ。そう遠くではなく、本当に助かった。

『どうしましょうか』

そう問われ、私は反射的に言っていた。

「今すぐとりに行きます！」

すぐに行ける範囲であるから、というのが理由だった。深く考えられなかった。そして、相手もまた特に拒否はしなかった。

『じゃあ、駐車場の、黒い車の所まできて下さい。大きな車ですよ。目印にトランクをあけておくので、すぐにわかると思います』

わかりました、と告げて、端末を切る。「ありがとうございます」と後ろにいたカフカに渡した。

「ひとりで、大丈夫？」

カフカはじっと、眼球のふくらみの大きな目で私を見た。私は返答の時間も惜しく、大きく頷くときびすを返す。

背後では、カーテンコールが終わったのだろう。曲芸子や楽団が戻ってくるざわつきが聞こえたが。

私は誰にも声をかけず、走りだす。

ニューリバー・セントラルホテル。カジノ街のまさに中央（セントラル）に位置し、娯楽施設は擁さない、滞在型ホテルだ。かつて、初代のサーカス団が専用劇場を持つ以前には、このホテルのホールでも公演が打たれたという。駐車場はホテルの半地下にあり、入り口から降りていくことが出来る。まだ日中で陽が高かったが、地下の駐車場は薄暗く、コンクリートに囲まれて冷えた空気と排気が沈殿していた。

ちょうどチェックアウトからチェックインまでの隙間時間だったようで、車の影はまばらだったが、カジノ特区を代表する巨大ホテルなだけあって、敷地も広大だった。

焦りながらも歩き回ると、目的の車はすぐに見つかった。言われていた通り、トランクが大きく開いているのが目印になった。黒塗りの、いかにもといった高級車だが、この街では珍しくもない。

ほっとしながら近づくも、人の姿がなかった。運転席にいるのかと思い、前に回る。薄暗くてよく見えないが、目をこらしても無人だった。

用事があって、席を外しているのだろうか。待っているべきか、考える。相手の連絡先を聞かなかったことを後悔したが、今は出来ることはない。待つしかないのだろう。

今日は夜間興行も出演予定がある。端末を受けとったら一度涙海のもとに行って、それから、と思った時だ。

「あれ……?」

開かれた車のトランクの奥、きらりと光ったなにかがあった。

「私の……」

間違いない。その光は、真鍮でつくられた星のストラップだった。修学旅行に行った時に、涙海への土産に、揃いで買ったもの。

いぶかしく思いながら、がらんとしたトランクの中を覗いてみていると、奥の方に確かに、涙海の端末らしきものが見えた。

とっさに腕を伸ばし、手にとろうとするが、トランクは思いの外広く、つま先立ちをして身をのりだした。

「……っ」

固い端末カバーに手が、届く。そう思った瞬間だった。

「ひぁ！」

突然身体が浮き上がる。乱暴な力で、膝から持ち上げられたのだと気づくのは、一拍遅れてからだった。黒い影。煙草のにおい。薄いカーペットの敷かれた、砂っぽいトランクの中に、頬から倒れこむ。

いたい！　と声を上げたのは無意識だった。身体を持ち上げようとするも、上から強い力で押さえつけられる。

手、ではなかった。

もっと固い、天井が降ってきた。

ガチャリ、と重たい音は、この世の終わりの合図のように、私の耳にこびりついた。視界が真っ暗になり、半袖のブラウスを着た肩が天井に触れる。

「やだ。やだ、なにこれ」

懸命に天井を押し上げようともがくが、びくともしない。閉じ込められたのだ、と認識するまでのタイムラグは、ただ、それを事実と認識したくないがために生じたものだった。

「出して」

かすれた声を上げると、閉所の中、すぐに己の耳に返ってきた。その近さが、よけいに恐怖を喚起し、私はパニックになった。

「出して、誰か！」

助けて、と叫ぶ。けれど、この密閉に近い空間の中、人通りの少ないホテルの駐車場で、一体誰の耳に届くというのだろう。

その時はっと気づいて、私はがむしゃらに片手でトランクの隅をさぐった。藁にもすがるように引き寄せたのは、携帯端末で、そこから助けを呼べばいいのだとわかっていた。

涙海に言えば、しかるべき場所に伝えてくれるはずだ。

セントラルホテルの駐車場で、トランクの中に閉じ込められました、助けて。

そう言えばいいのだと、端末の電源を押した。ぱっとあかりがついて、時計が表示される。通話の画面。涙海、ではなく、愛涙、という自分の着信履歴をタップした。けれど、通話がはじまらない。焦りながら何度も、指が痛くなるほどに押す。つながらない。おかしい、と思うとともに、待ち受け画面を凝視する。

電波がない。

なぜ？　地下とはいえ、さっきはつながったはず――。

焦りとともに、何度も繰り返す。気が動転したまま、再起動をかけると、その時浮かび上がった表示に愕然とした。

ＳＩＭカードが抜かれている。

思わず悲鳴を飲み込み、手の中の携帯端末を滑り落とした。

「そんな」

そこでようやく、本当にようやく、私は気づいたのだ。

今この状況は、誰かの確かな悪意だということに。

「そんな……」

私の端末を盗ったのも、電話に出た男の人も。そして、この車のトランクに私を押し込んだ人も。全員が仲間（グル）だったとしたら。

（嘘）

信じられないと思ったし、同時に信じたくないとも思った。自分がこんな目にあうことも信じられなかったし、人間が、ここまでする、ということを信じたくなかった。

成功者には妬みがつきものだろう。勝利者は恨まれることもあるだろう。

けれど、ここまで？　と思わずにはいられなかった。

あの輝かしい舞台の裏で、涙海は。そして、

（私は）

歯の根が震えでかちかちと鳴った。痙攣するように、膝が震えた。

（このシーズン、ブランコ乗りは）

そう言った男の顔が脳裏にひらめいた。予言のように。忠告のように。彼は言ったではないか。そう。

這いつくばるような形になった、地面が揺れる。排気音。車が発進する。真っ暗な闇の中で、私は思った。

――殺されるかもしれない。

紙のケースに入ったアーモンドチョコレートのように、私は自分の意志とは関係なく転がされていた。どこを走っているかは一切わからなかった。頭を抱えて、とにかく時間に押し流された。手足や肩、むきだしとなったすべてが痛かった。身体のあちこちが無様に青くなっていくことを想像した。それも、生きていればの話だ。そう、生きていれば。

私は必死になって顔をかばった。この状況で、顔を守ろうとするのはあまりに滑稽だと思ったが。

他に、自分のなにも守れないのだから仕方がなかった。

助けを呼ぶのもやめた。最初のうちは狂ったように声を上げていたが、空気が薄くなったような気がしておそろしくなったのだった。

（私はどこに連れていかれるのだろう）

闇の中で、おそろしい想像ばかりがよぎる。このまま車ごと海に投げ出されたら。火をつけられたら。そうでなくても、誰もいない場所に捨てられてしまったら。もしくはどこかで、なぶり殺しにされでもするのだろうか。この平和な国で、とは思わない。ここはその平和な国の中の、綺麗に着飾った、欲望と快楽の街だ。

慰めはなにも思いつかなかった。私がなにをした、という呪詛さえも湧いてこなかった。恐怖に正気を手放さないために、ただひたすらに奥歯を噛み続けた。

腕の時計だけが、かろうじて外界を示すものだった。

（涙海）

こんな時であるのに、気がかりなのは今夜の公演だった。多分、この非道な行為をした人間は、サン＝テグジュペリをよく思ってはおらず、ステージに立たせたくないのだろう。そしてこのままでは、その望みは果たされる。

そうなったら、涙海は本当に、可哀想だと思った。

あの子には舞台しかないのに。そして、私は。

涙海に憧れるしかないのに。

がたがたと左右に揺られる不安定な箱の中で、カーディガンのポケットをまさぐった。

財布の入った鞄も近くにあったが、ハンカチくらいしか入っていなかった。なにか、このても。

状況を打破するものを、思いつかなくとも見つけたかった。無駄なあがきだとわかってい

指先に触れたかたいものを引き抜く。まつげに触りそうなほど近づけて見れば、それはハートの４だった。もう一枚あったはずのクローバーはどこかに落ちたのだろうか。

ふと、闇のような色の長い髪と、黒いサングラスを思い出した。

私が命を賭けていると言った時に、あの人は笑った。確かに私は、命なんて賭けられなかった。でも、本当に。

（本当に、必死だったのに）

それを、あの人に、わかって欲しかったと思った。ハートの４をくしゃりと握り締めて。

「助けて」

とあえぐように言った。

お願い、助けて。私を。それから、私達を。

祈るようにきつく目を閉じた、その時だった。車が速度を落とし、止まったのが重心の移動でわかる。信号だろうかと思うも、それにしては周囲の音が静かすぎた。どこか、目的地についたのかもしれないと軽く頭を持ち上げた。

もちろん安心は出来なかった。車のドアをあけ閉めする音と、人の歩く気配がしていたが、それよりも、口から飛び出しそうな心臓の鼓動の方が大きかった。

男性が会話している気配があった。私はトランクの壁に耳を当てて聞こうとするが、で

こぼこしたそこはあまり音を通してはくれなかった。

やがて、この車ではない、ドアのあけ閉めの音。遠ざかっていく、エンジン音。それから、しばらく、静かになって。

かちゃりと、閉まった時よりも幾分か軽い音で、トランクが開かれた。私は息を止めて、とっさに顔を隠した。理由は恐怖だった。私は臆病だったから。自分に害をなそうというものを、真っ直ぐに見ることが出来なかった。

風は、強く海のにおいをはらんでいた。それだけで、強烈に、外界を意識した。それでも、これからはじまるのは恐怖に違いないと思っていたから。

「生きているか？　ブランコ乗り」

降ってきた声が、一瞬誰のものかはわからなかった。ただ、耳にこびりついて離れなくなるほど、聞き覚えのある深みと甘み、そして苦みだった。

吸い寄せられるように、顔を上げていた。ただ、逆光で、見えなかった。見えなくてもわかった。肩を過ぎている長い髪や、光を反射するサングラスや、そしてなにより、その低く、気味が悪いほどに甘い声が。

「なによりだ」

と笑った。ベガス帰りのブラックジャックディーラー、アンソニーその人だった。トランクを開き、横たわる私を見下ろし悠然と言う。

「ドライブはどうだった？　最高級車のセンチュリーのトランクは」

その言葉に、私のはらわたは、完全に煮えくりかえった。とっさのことで、言葉は出なかったけれど。醜いほど顔を歪め、腕を持ち上げ、彼の横面を張り倒そうと、した。そうしなければ気が済まなかった。けれど、それさえも彼は許さなかった。

音を立てて私の手首を受け止め握り、それから痛くなるほど強く締め上げた。私の手首は、彼の親指と人差し指だけで優に、ぐるりと円周をとられてしまうのだった。

「こんな挙手が出来るなら充分元気だろう」

と、アンソニーはまた、馬鹿にするように笑って言った。その言葉に私が噛みつく前に、ぐいと手首を引き、無理矢理私を引きずり出した。打ち身の肘が、肩が、足がきしんだ。痛みに悲鳴を上げる間もなく。

私はアンソニーの肩にかつぎ上げられていた。

「離して、降ろして！」

不安定なバランスと、むせかえるようなムスクのにおいが頭の芯を揺らす。しかしどれほど私が暴れても、アンソニーは意に介さずに。

「もう一度トランクにのって帰りたいなら別だが、日本の道路交通法は子供を荷物とは認めていないはずだ」

そう言って、後部座席のドアを開け、リムジンの広いシートに、投げ捨てるように私を倒した。

自分ものり込むと、これが目的とばかりに、灰皿をとりだして煙草に火を入れる。

「サーカスの歌姫に感謝するんだな」

私は痛む身体をなんとか起こし、髪も振り乱したままで、睨みつけるようにアンソニーを見た。彼の言葉の真意をはかるために。

彼は億劫そうに煙を吸い、吐きながら淡々と言う。

「シアターにのり込んできて俺を脅迫する手際は堂に入った毒婦ぶりだった。ベガスでもあれほどのものはなかなか見ない。大和撫子(やまとなでしこ)に憧れている奴らに見せてやりたいくらいだ」

それで説明をしているつもりなのかもしれないが、なにひとつわからなかった。だから、かすれた声で、問いかける。

「……貴方が、私を攫(さら)ったの？」

「なぜ？」

問いかけに問いかけが返ってくる。心底うんざりした様子で、アンソニーは顔を歪めながら笑った。

「これだけ根回しをして助けにきてやった恩人に、お礼の言葉もなくその言いぐさはないんじゃないか」

そうでなくとも、と煙草のにおいがけぶる長い指で私の顎を摑み、逃げられないような至近距離で、言う。

「俺は忠告したはずだ」

命が惜しければ、勝負は降りろ、と。

今度はアンソニーはそんな言葉でより直接的に言った。

「文字通りお前は命を賭けたわけだ」

どうだ。満足か？　と問いかける。私は己を抱きしめるように自分の肘をなぞりながら、なんと意地の悪い人だろうと思った。知っていたけれど。いい人だなんて、思ったことはないけれど。

「どうして」

無意識にもれた呟きが震えていた。アンソニーに尋ねたわけではなかった。

「どうして、こんなことに……」

その呟きとともに、目からこぼれたのは涙だった。一度流れ始めてしまえば、もう止めることは出来なかった。たがが外れた。アンソニーは、降り始めた雨を厭うように私の顎から手を離した。

そして煙草を片手に持ち、私の返事を待つことはなく一方的に語った。

歌姫とは契約が成立しているということ。

次の公演の出番までにサン＝テグジュペリを五体満足でサーカスへ連れ帰る、そのかわりに、この車の持ち主と首謀者については詮索しないこと。

どういうことかと赤い目だけで尋ねれば、それらの理由として。

「小娘の証言ひとつでは揺らぐことのない相手だということだ」

という一言で片付けた。私は子供のように泣きながら、その言葉を受け止めきれないでいた。混乱していたのかもしれない。どんな得心の行く説明も、欲しくなどなかったのだ。ただ、慰めて欲しかった。痛かったね、怖かったねと。それからもう大丈夫だと言って欲しかった。

目の前の相手が言ってくれないことは知っていたから。誰でもいい。誰でもいいけれど、出来ることなら、そう、涙海に。

あの子に、ねぎらって欲しかった。辛さを、わかちあい、慰めあいたかった。そうやって生きてきたはずだから。

そこまで思って、私は顔を上げた。

「戻らなきゃ」

宙を見て、それから端末の時計を見た。もう時間はなかった。

「お願い、私を劇場に連れて行って。今日も夜間興行があるの」

行かなくちゃ。熱にでもうかされたようにそう言えば、

「そのなりで?」

ブランコに乗るつもりかと、アンソニーが嘲笑しながら言った。私は自分の身体をぎゅうと抱きしめ、「そう」とこたえる。

「私は行かなくちゃいけないの。生きている限り、あの舞台に行かなくちゃ。こんなの、病院の涙海に比べたら……」

どういうことではない、と言ったのは嘘でも強がりでもない、自分の正直な気持ちだった。ただ、私は、正直に言いすぎたのだった。はっきりと告げてしまってから、失言であることに気づいた。口を押さえても、もう遅い。

不自然な沈黙に、アンソニーが「おやおや」と肩をすくめる。

「おかしな話だな。片岡涙海。サン＝テグジュペリとは君のことではないと？」

秘密がばれたというのに、私は彼が、サン＝テグジュペリの本名を間違いなく覚えていたことの方に驚きを覚えた。

「……ええ、今は」

なぜか私の心の奥は冷え切っていた。冷静さをとり戻しつつあった。多分、涙海の魂を思い出したからだった。恐怖に塗りつぶされ、忘れかけていた、彼女の熱。たとえどんなことがあったとしても、私の中の涙海は臆さない。彼女の心は折れることはない。真っ直ぐに前を見るだろう。

「姉の怪我が治って、彼女が帰ってくるまで。私がサン＝テグジュペリよ」

今度は、アンソニーは笑うことがなかった。

「姉妹か」

と低い声で尋ねたので、

「双子です」

とこたえる。「私は姉ほど、素晴らしい人ではありませんが」と小さな声でつけ加えて。

　アンソニーはゆっくりと、もう一本煙草に、重たいジッポーで火を入れると、一、二度吸って吐き、それから乱暴に潰した。

「ならば、尚更だ」

　心なしか早口で、言い捨てるように言葉を吐いた。

「命まで賭けて、君がこうして怪我をしても、その姉が悲しむだろう」

　まるで判で押したような定型句だと思って、今度は私の方が笑ってしまいそうになった。けれど頰が少しひきつっただけで、笑みにはならず。

「いいえ」

　瞼を伏せて、ゆっくりと言った。

「舞台は、涙海のすべてだから」

　そして今の私の、すべてでもあるのだから。

　私は後部座席のシートの上に正座をして、頭を下げた。

「お願いします。助けてもらって、こんなことを言うのは厚かましいと承知の上です。でも、もう時間がないんです。私を劇場に戻してください。私は、姉が戻ってくるまで、あの場所と、名前を、守らなくてはならないんです」

　しろというのならば、土下座でもなんでもするつもりだった。身体を売れと言われても、応じたかもしれない。ただ、この人はそうは言わないのではないかというぼんやりとした予感があった。決して善人ではない。優しい人では、決してないけれど。

「なるほど」

アンソニーはいつものように、皮肉な笑みを浮かべて、胸ポケットに手を入れた。

「お前のステージがつまらない理由がようやくわかった」

思いも寄らないその言葉に、目を見開いた。その時だった。アンソニーが胸元からとりだしたのは、煙草ケースではなく、赤いトランプのケースだった。音も立てずにそれが開き、次の瞬間に宙を舞った。

薄いカードが、アンソニーの長い指の間をぱたぱたと蝶の大群のように行き来し、ひとまとめになっては飛び交った。その間、アンソニーは一切の表情をかえず、まるでカジノの仕事のように淡々と、カードを重力から解き放ち、まるでブランコ乗りのように翼を与えた。

目を見張るほど、それが手狭な車内であることを忘れるほど、鮮やかだった。

トランプはまるで彼の手足の延長のように伸び、そうかと思えば跳ね、軽やかにすべる。ウィンクをするように反転し、それから一枚、表になって飛び出した。

「お返ししよう」

それは、なくしたと思っていた、クローバーの5だった。彼の引き当てたカードはやはり、彼のもとに帰ったのだ。

そうしてまた、私のもとにやってきた。彼の手を通じて。私は操り人形にでもなったかのように従順に、そのカードを受けとっていた。

「捨てるのは構わないが、これ見よがしに犯行現場に落とすような真似はやめてくれ」

俺も日本にきてそうそう馘にはなりたくない、と言う彼は、意地の悪さがなりをひそめた微苦笑をしていた。サングラスでよくわからないけれど、こんな表情も出来るのだと意外に思った。

「今のは……マジック？」

「いいや」

返答ははやかった。これで終わりとばかりに、胸元にカードをしまって。

「ごく初歩的なカード・フラリッシュだ」

ディーラーやマジシャンがトランプの扱いを覚えるために練習する曲芸なのだと言って、それから。

「このフラリッシュと、ブラックジャックだけが、俺の出来るショーだ。いい夢は見られたか？　涙は止まったか？　現実は忘れられたか？」

矢継ぎ早に尋ねられるが、私はこたえられない。言葉も出てこない、ということが、なによりも雄弁なこたえだったのかもしれない。

「一時でも、生きる辛さを忘れさせ、魅せる」

それからアンソニーは私から顔をそらし、外を見た。その時になって、車のドアがまだ開いたままだったことに気づき、この人は、私が思っていたよりも紳士であったのかもしれないという可能性に行き着いた。

来た。

　彼の低い声は、どんな薬よりも私の心に染みた。もう、涙はでなかったけれど。身体の痛みも、消えなかったけれど。心が感じる痛みからは、ほんの一瞬、目をそらすことが出来た。

「道化（パフォーマー）に出来ることなんて、それくらいだろう」

　それがパフォーマンスだと、彼は言った。それが、私の演目になかったものだと。

「美しさも必死さもあっただろうが、客の気持ちはお前に伝わらなかったし、お前の気持ちも、伝わりようもなかった」

　その理由がわかるか、とアンソニーは私に尋ねた。あざわらうのではなく、ゆっくりと、説いて含めるように。

「お前は姉しか見ていなかったからだ」

　あのステージに立ち、スポットライトを浴びても。私が涙海しか見ていなかったからだと、アンソニーは告げた。

「客はお前のことを見ていたのに」

　彼の言葉は、正しかったのかもしれない。理解は出来た。でも、その上で、でも。

「嘘」

　と私は言っていた。震える声で。奥歯を噛んで。嘘だ、と私は繰り返した。

「誰も、私なんて見てない。涙海のことを見ていたのよ。客も、私もみんな」

　あの場所にいたのは、サン＝テグジュペリ。八代目の、サーカスのブランコ乗りのはずだった。私はただの偽物だ。観客が本当に見たかったのは、涙海の演技のはずだった。けれどそのこたえを、アンソニーは鼻で笑った。今度はいつものように、子供の私をさげすむ笑みだった。

「少なくとも、エクストラシートに座った俺が、こんなものかと幻滅をしたのは、間違いなくお前の演技だった」

それからアンソニーはおもむろにスーツの上着を脱ぐと、私へと投げ捨てた。

「かぶっていろ。このナンバーの車に、サン＝テグジュペリをのせてドライブをしていると噂されるわけにはいかないんでね」

ついでだから送ってやろう、という尊大な言葉に、私は礼を言うタイミングも逃がしてしまったけれど。

後部座席から降り、立ち上がりながらアンソニーはおもむろに聞いた。

「俺がマジシャンだったということは、どこで？」

私は黒いベストの広い背中に、「アンデルセン」と、単語だけでかろうじてこたえた。

私のこたえに、彼は笑ったのが、背中から見ていてもわかった。

「耳年増な歌姫もガセネタを摑まされることがあるんだな」

え、っと聞き返す。アンソニーは振り返らなかった。その背中で、軽く俯いたまま。

「マジシャンだったのは弟だ」

「おとうと」

と、私は鸚鵡のようにリフレインする。

「ああ」

それからアンソニーが運転席に座り、エンジンをかけながら、ぽつりとつけ加えた。

「俺の、双子の弟だ」

その言葉を問い返す間もなく。大きな車が動き出すので、私は慌てて、頭からスーツの上着をかぶる。連行される犯罪者のように。

トランプカードを握りしめて、男物の甘いかおりが身体を包んだけれど。

もう、不安だとは思わなかった。


悪いが劇場に横付けは出来ない、と私は劇場から百メートルほど離れた路地裏で降ろされた。

上着をアンソニーに返しながら。

「ありがとう」

礼の言葉は自然と、口をついてでた。アンソニーは運転席から降りずに上着を受けとって。

「歌姫によろしく。俺は役割を果たした。……次の機会は、ご贔屓に」

ふたりの間に、どんな取引が行われたのかは私の知るところではなかったが、私は電波の戻らない端末を見た。夜間興行はもうはじまりの時間だった。けれど、私の演目ならばまだ間に合うかもしれない。それを確認して、私は車のドアガラスを手で押さえ、閉められる前に言った。

「夜間興行を、観にきてはくれないの」

土曜日の夜間興行はきっと満員だろう。けれど、立ち見の席であれば、いやプロデューサーにかけあえば、関係者用の座席を回してもらえるかもしれない。

けれどアンソニーはその独特の、唇を曲げる、皮肉な笑い方で笑って。

「俺が？」

とわざわざ告げてから、これから仕事だ、とにべもない返事をした。

けれど私も引き下がらなかった。

「じゃあ、いつでもいいから」

少しかがんで、運転席を覗き込むようにして。その、濃い色のサングラスの向こうを射貫くようにして、私は言った。

「私を観にきて」

涙海が戻ってくる前に。彼女ではなく、私のステージを、観にきて欲しかった。いつまで続く日々かはわからない。すぐに涙海が戻ってくるかもしれないし、不出来な私はすぐにでもサン＝テグジュペリの座を失うかもしれない。けれど、残された月日なんて関係ないと思った。

私達には、永遠なんてない。

だからこそ、永遠が欲しいとうたい続けるのだ。

私はこの限られた時間に、少しでも涙海に近づき、彼女の座を守るために偽り続けなくてはならない。そうすることに疑いはない。

嘘に嘘を重ねて。白詰草よりもちっぽけな冠で。

それでも、貴方がもしも、きてくれるのなら。

「今日のお礼に。貴方のために飛ぶわ」

それが出来る、と私は思った。そうしたいと。まるで、願いのように。希望のように。

アンソニーはそんな私の言葉に、呆れたようなため息をついて。

「賭けは俺の勝ちだったはずだが」

と低く言った。私が食い下がるよりも先に、アンソニーの言葉がすべり込む。

「エクストラシートを払い戻してくれるんだったな」

小さく笑う。皮肉に、唇を曲げて。けれど少しだけ、愉快げに。

「では現物（チケット）で支給してもらおうか」

アンソニーが長い指を振る。さっさと行けと、追い払うように。

「その時は、せいぜい夢でも、魅せてくれ」

私は頷き、走り出す。

少女サーカスの劇場に。痛む足を止めずに、全力で。

私の舞台（ステージ）へ。

控え室のドアを開くと、少女達が一斉にこちらを見た。中には小さな悲鳴じみた声を上げる子もいた。通用口から極力人の目に触れないように走ってきたが、私の姿は酷いものだった。控え室の、壁一面の鏡を見て、なるほどこれは悲鳴を上げられても仕方がないと思った。服はところどころくたびれて汚れ、両膝に鬱血。腕には擦り傷もあるし、髪は亡霊のようにほつれていた。

けれど私は黙って、人波の中に進み、化粧台に腰をおろした。もしかしたら、今の少女達の中に、携帯端末を盗んだ誰かがいるのかもしれないけれど——そんなことに構っている時間は、今はないのだ。

「あらあら」

鏡越し、私の背に、私とはあまりに対照的なほど、完璧な美しさの歌姫が立っていた。

そしてそっと、私の両肩に手を置いた。

「酷い恰好ね」

呆れたような言葉だったが、声に滲むのは労りであり、安堵であり、彼女がどれほど私に心を砕き、心を寄せてくれたかの証明であるような気がした。

「遅れてごめんなさい」

液状のファンデーションを塗り込みながら私は早口で言った。

「すぐに用意するから」

ええ、とアンデルセンは頷き、私の髪にブラシを通しながら、「心配いらないわ」と耳元に囁いた。

「今回のことで、内通者の大体の目星はついたの。すぐに尻尾を捕まえてあげる。そうしたら、警察ではなく、シェイクスピアに裁いていただくわ。彼女は絶対に、このサーカスへの冒瀆(ぼうとく)を許さない」

アンデルセンが口に出したのは、このサーカスの団長、少女サーカスの創設メンバーでただひとり、今もサーカスの象徴として絶対的な権力を持つ女性の冠だった。あとにも先にも、シェイクスピアの名前を持つのは、彼女だけ。

けれど私は、鏡から目を離さず、塗装を続けるままに言った。

「いいの」

自分で思っていたよりも、はっきりと声がでた。

「サン=テグジュペリはなににも負けないから、いいのよ」

それは、涙海がという意味でもあったし、同時に片岡愛涙が、という意味でもあった。

誰がブランコ乗りを貶めようとしているのか。誰が私を舞台からおろそうとしているのか。

興味はあるが、そんなことは、今はどうでもいいこと。

「舞台にでるわ」

私の言葉に、アンデルセンは艶然と笑った。

「そうね」

それからまた耳元に唇を寄せ、歌をうたうように言う。

「芋虫（カフカ）の演目が想定外に押しているのよ。きっとプロデューサーから叱られるわね」

畜生にのるような芸は、あたしは嫌いなのだけれど、と愛のように囁いて。

「すべての観客が待っているわ。貴方のことを」

行きましょう、と歌姫が私の手をとり、舞台へと導いていく。

唐突に、舞台に立つことだけが勝利だという確信が心を占めた。それを妨げようとした誰かがいたとして。すべてを打ち破り、舞台に立つことだけが、私の完全なる勝利なのだ。

オーケストラの演奏、そしてどよめきと歓声が聞こえる。

舞台袖の闇の向こう。そこに、私の行くべき場所がある。

拍手は雨のようだった。

満員御礼の客席を、私はことさらゆっくりと、十三メートルの高みから見下ろした。そして高く腕を上げ、深々と礼をする。それだけで、客席が沸いた。肥大した拍手の波が私の腹の奥にぶつかり、いたるところから扇情をする口笛が聞こえた。

それらすべてが、ようやく私のもとまで届いたと思った。

指の先まで、熱を持っていた。その熱は決してスポットライトや心的な興奮だけではなく、物理的にいたるところが痛んでいるせいでもあった。けれど、その痛みのおかげで、まるで身体すべてが心臓になったように脈打っていた。

きらめきの中、感謝をしたいと私は思う。

誰になのかは、わからないけれど。

この痛みが、身体の隅々まで私のものだと感じさせてくれる。この身体は私のもの。私の意志の届くもの。自由自在に動かせるもの。

私は涙海のように飛ぶ必要はないのだ。そう、唐突に気づいた。

私は涙海を想定し、それを追従（トレス）する必要もない。なぜなら今私はまごうことなきサン＝テグジュペリであるから。

私の飛ぶ軌跡が、サン＝テグジュペリの演技になるだろう。それは、誰にも責任を預けられないということであったし、同時にあまりに自由なことでもあった。涙海とふたり、ブランコに乗った楽しさにも近かった。

天からおりてくる、ブランコに手をかける。息を吸い、吐く。空気の薄い場所にいるようだ。それでも、呼吸だけが、脳と筋肉を活性化させていくのだと思った。この胸はボンベだ。鍛えてきた筋力の反射と三半規管が翼となる。

それから、ゆっくりと目を閉じ、踏み出す瞬間を待っていた私の耳に、突然美しい歌が降り注いだ。

客席もざわめき、注視する。

舞台の奥、ひっそりと姿を現し、そして美しい声でうたいだしたのは歌姫アンデルセン。決して人の後ろでうたうことを好まない、中央でなければ気が済まない、生まれながらのエトワールである彼女が、ＢＧＭのオーケストラにあわせて、スキャットをうたい始めていた。

私の背中を押すように。足下から吹き上げる上昇気流のように。

夜間飛行に向かう飛行士のために。それは涙海ではなく、今は、不具合ばかりのこの身体で飛ばなければならない私のために。

拍手は雨。スポットライトは雷光。

それでも向かうのだと思った。

跳躍と反転。これは、私だけの、演技だ。たとえどれほど舵をとられようと、身体が壊れようと、この一瞬のためであれば構わないと思った。そしてそれに応えるように、人々の熱気と声援が、跳躍する私の胸にまで届いた。

その瞬間、私はすべてをあずかったのだ、と思った。

私ばかりが飛ぶのではなく、美しい姉の身代わりというだけでもなく。今、この観衆の心すべてを、あの空に連れていかなければならない。

はじめて、この演技を見せたいと思った。命綱のない、私の跳躍を。ほんの一瞬でも構わない。現実を忘れるために。

生きているうちに。一度でいい。あの人に魅せたいと、心の底から思った。

演目を終えての拍手は、私の肩に毛布のように降りかかった。あっという間だった。倦怠感や疲労もあったが、足下はぐらつかなかった。まだ、心臓が力強く血を押し出しているのがわかった。

「おつかれさま」

舞台の袖で目を細めて待っていたのはカフカだった。彼女の演目が押していたせいで、今日は私の出番が遅くなった。終演の時間をあまりずらすわけにはいかないから、その分はアンデルセンがカーテンコールを一曲にするらしい。

この興行のため、私のため、仲間である演目者達は心を砕いてくれたのだ。

「ごめんなさい。ありがとう」

「ううん。……なにより」

なにが、とは言わなかったが、すべてを得心した顔で、それでもそれが、決して珍しいことでもないのだという思いを滲ませ、カフカが頷いた。

彼女達は戦っているのだと思った。いかなる時も。

そして勝ち続けているから、ここにいる。

「あーあ。声が嗄れてしまいそう。演技中の客席は品がないから嫌いなのよ」

化粧を直したアンデルセンが、髪を後ろに流しながらうんざりしたようにそう言った。わざと、こちらに聞こえる声だった。

誰よりも彼女に、礼なり、謝罪なりしなければならないと、私は向き直った。けれど、彼女は私になにも言わせてくれなかった。

ただ、ひとさしゆびを、私の唇に。いたずらっぽく笑って。

「じゃあ、舞台で待っているわね」

そう一言言い残し、カーテンコールに出て行く。カフカも頷いた。

化粧台の前に立ち、もう一度鏡の中の自分を見つめる。わずかに紅色に染まった頬は、こんな風に思うことがどれほど浅ましいかはわからなかったが——美しかった。

口紅だけを、塗り直し、舞台に戻っていく。拍手の鳴り止まない、歌姫のカーテンコールに。誰もが皆、自由な所作で舞台に戻り、微笑みながら手を振っていた。

私が舞台に上がると、一際歓声が大きくなったような気がした。

舞台の前方に立ち、大きく両手を上げ、礼をする。

顔を上げれば、満員の客席はスタンディングオベーションであり。

あたかも、黄金の丘のようだった。

幕外　カジノチケットポータルサイト　コメント欄

ooi ×××××　2019.4.20
本日夜公演、ブランコ乗りのプログラムに、まさかの歌姫登場！
びっくりしました。
目も耳も幸せで、涙が止まりませんでした。

ss1 ×××××　2019.4.20
今夜の公演、収録カメラが入っていたかどうかわかる方はいませんか？
どうしても見たいです。記録用でも構いません。

loc ×××××　2019.4.20
これだから、サーカス鑑賞はやめられない！

orn ×××××　2019.4.20
ブランコ、最近の不調を心配していましたが、今日は素晴らしい演技でしたね。
明日も観劇予定があります。楽しみにしています。

sir ×××××　2019.4.20
八代目、演技はよかったけど、少し化粧が濃くなかったですか？笑
座席が近すぎただけかな。なんて、眼福でした

ppp ×××××　2019.4.20
今夜はじめて主人に連れてきてもらいました。
素敵な誕生日になりました。

nan ×××××　2019.4.20
今日のプログラムは大正解。ここしばらくの不完全燃焼が嘘のようです。
今後も期待しています。

ann ×××××　2019.4.21
昨日の夜の公演で　ブランコ乗りのファンになりました
夢みたい　またサーカスに行きたいです

次の10件∨

第三幕

猛獣使いのカフカ

Act 3

熱帯雨林に降る雨のような、鼓膜を撫でる音楽が耳に届く。

それがはじまりの合図である。私はゆっくりと檻の中で眠る相棒達に声をかける。囁く行為に意味があるものもあれば、意味のないものもある。少なくとも、私にとっては意味がある。牙を抜かれたライオンと、毒のない大蛇、そして私をのせて火の輪をくぐる役割を持った雌馬。皆が視界を極端に遮られる仮面を着けている。それは装飾でもあるし、彼らの精神をたもつための防衛でもある。

私には仮面がないが、かわりに奇妙な文様が顔面を覆っている。そして指先からは獣の脂と同じにおいがする。

それらのすべてが、私を人から獣にかえていくだろう。

私は彼らの片割れであり、支配者である。

鞭を鳴らして今宵の芸を見せる。そのかわりに、私は観客へと頭を下げ、彼らから喝采と拍手をせしめる。

美しい歌姫は言っていた。お前のそれは芸でもなんでもないと。畜生にまたがり蔑まれているだけだと。

彼女の言葉はあまりに正しく、一方で、なんの糾弾にもなりはしないと思う。

この、満席の客席で、賛美されることと蔑視されることの違いなど、拍手の大きさにしてしまえばそうかわりがないだろう。

身のうちで歓声と悲鳴は酷く近しい音響である。

欲と不自然な美にまみれた、少女サーカスという見世物小屋。私は獣にのり、他者とは違う美を見せつける。

不自由で、いびつで、グロテスクな美だ。いつか私は彼らに食い尽くされるのかもしれない。遠い先代の猛獣使いはそれに近しい死に方をした。

私も死ぬのなら舞台の上がいいと思う。叶うのならば、彼らに食われるのが似合いだと。

私は多くの獣の死を見過ぎてきたから、今更、畳の上や病院でなど死にたくはないのだった。

食われて、死ぬ。

願いが叶うのならば、それさえも拍手と悲鳴にかえてみせたいと思う。

美しいままに。どよめきと喝采、それから金切り声の中で死ねたらどれだけいいだろう。

ゆっくりと黒いシルクの緞帳が上がり、スポットライトが一斉に私達の感覚を目覚めさせる。

そして、舞台の光が漏れる客席の最前列だけが、ぼんやりと浮かび上がる。

最前列の中央、エクストラのシートに、一体の人形が座っている。

黒い髪。白い肌。笑みの形のまま動かない口元。手足は細く、関節は丸く、瞬きはしない。

時間を止めた人形が、微笑んだまま、私を見ていた。

他人のために、笑わなくてもいい生き方が欲しかった。

小さな頃から親戚のおばさま方から、無愛想で子供らしくない子供と言われていたし、女子特有の愛想笑いやご機嫌とりが大の苦手だった。笑えないことで損をしていると言われ、責められることもあったし、哀れまれることもあった。

それらすべてが余計なお世話だと思ったし、顔を笑みの形に歪めることに意味も価値も見いだせず、十五を過ぎてからはすっかり気持ちが曲がったまま、冷たくかたまってしまったようだった。

笑わずに済むのならば、目が覚めた時に芋虫になっていても構わないと思った。

「カフカ志望の、庄戸(しょうど)茉鈴(まつり)です」

曲芸学校に入ってすぐ、教室での自己紹介だった。私がそう言うと、部屋中の視線がざっと集まるのがわかった。巣穴に帰るハツカネズミのようだった。

曲芸学校に入学した少女達は皆が皆、爬虫類のような目をしていた。水っぽくて、丸い、よく動く目だった。その目は嫌いではなかったけれど、張り付けたような笑顔の口元は酷く苦手だった。

サーカス出身の女性教師(インストラクター)は私の名前と顔を見比べながら、確認をするように言った。

「カフカは……猛獣使いのカフカで、間違いないわね」

「はい」

私は頷く。二十四人の同期生の中で、教師からその確認をされたのは私ひとりきりだった。

「間違いありません」

人生で三度目のセーラー服は、今までのそれよりもずっと窮屈で、息がしにくかった。

曲芸学校に入ったのは、十八の春。年齢制限の上限ぎりぎりでの受験だった。ひとつの期のうち約半数が義務教育からストレートで入ることを思えば、普通科の高校を出たあとに受験をした私はそれだけで異端だったのだろう。周りの同期生はほとんどが年下で、十五と十八の間に横たわる溝は海の底のように深く、暗い。

曲芸学校を選んだのは、ただの進路の選択だった。三年間の高校生活を経て、就職先を決めようとした時に、私のやりたい仕事は曲芸学校に入ることでしか出来ないとわかっていたから。むしろ、悪い言い方をしてしまえば、それまでの学業こそが保険だった。曲芸子の、演目者への道を断たれた時に、ごく一般的な人の道に戻れるように。そう考えるだけの奸智（かんち）と狡猾さがあった。

ここに至るまで、親に決められたレールを真っ直ぐに進んできたし、この進路でさえ、時には親に反抗しなければならないという、自主性の成長レールの延長線上にあった。

曲芸学校を受験したいと言った時、数少ない友人達は目を丸くした。親も教師もまた同じだった。猛獣使いになりたいのだと言ったら、しばらく考えたあとに、挑戦してみるだけ挑戦してみればいい、と言った。

無理ならばいかようにでもやりなおしがきくだろう、と。

私と同じく、逃げ道があることをよくわかっている人達だった。

曲芸学校の入試は、秋から冬にかけて行われる。書類審査、筆記試験、実技、それから面接と続く。高校三年間真面目な学生だったから、筆記試験は問題がなかった。不安があるとすれば実技だった。歌と、踊り。運動は得意な方で、一年ほど付け焼き刃の教室に通っていたが、専門的なことはなにも出来なかった。特に身体が硬いのは大きなマイナス点だった。それでも、なんとか、面接までは通った。

筆記の点数に重きが置かれたとは考えにくい。置かれたとするならば、身上書だろう。私の両親はそれぞれ大型動物と小動物を専門に診る獣医師をしている。特に父は、海浜競馬場の獣医師もつとめている。父の知りあいには、経済特区の中枢に深く関わっている人もいるし、もちろんサーカスに関係した人間もいたことだろう。

最終試験である面接は冬の寒い日にあった。教室の暖房が少し効きすぎるから、室温を下げて欲しいと試験前に言ったことを覚えている。

面接官は五名だった。男性がふたり。女性が三人。中でも中央に座った女性だけが、他とは違う空気をまとっていた。

「志望は……カフカ?」

美しい女性だった。なんの変哲もない、パーマをかけて眼鏡をした、年齢の見えづらい婦人。口元に薄く刻まれた皺までも華やかだった。老いていく時間を受け入れ、楽しんでいるような。けれど、息を呑まずにはいられなかった。

ある種の人間には視覚出来るほどのオーラがあるのだということを、その時はじめて知った。実感であり、体感だった。まとう空気の色が、気配が違った。

熊やライオンと対峙するよりももっと緊張を感じた。同じ人間であったからこその恐怖だったのかもしれない。

「はい」

口内に渇きを覚えながらそうこたえたら、婦人は頷いた。

「猛獣使い以外の演目は考えていますか？」

「考えていません」

こたえ。再びの頷き。質問は続く。

「猛獣使いは長らく演目者がいませんでした。満足なトレーニングが出来ないかもしれません。それでもよろしいですか？」

「構いません」

猛獣使い以外に自分がなれるとは思わなかったし、なりたいとも思わなかった。

それだけを聞いて、婦人が口を閉じた。気配を読んで、傍らの大人が次の要求をしてきた。

「それではなにか、自己アピールを。この空間を自由に使っていただいて構いません」

言われて私はポケットから、煙草の箱を二つ重ねた程度の大きさの木箱をとりだし、開いた。中からでてきたのは手のひらよりも少し小さな蜘蛛だった。瑠璃の滲むような色をした脚が美しかった。家を出る時には寒さに身を縮ませていたが、この教室の効きすぎる暖房に目をさましたらしかった。

すぐに箱から這いでて逃げようとする。けれど、細い糸で胴をしばってあるので、私の手元からは逃げられないのだった。

「シンガポールの毒蜘蛛です」

う、っと座る女性が息を呑むのがわかった。もちろん、中央の婦人は顔色のひとつもかえなかった。私は言う。

「人の死ぬような毒はありません」

きっと多分、痛みは激しいだろうけれど。刺されないためには、こつがあるのだ。くくった糸を引き、手の甲にのぼらせたら、腕を駆け上った。くるりとそれを追うように一回転をする。

そこでふと婦人が笑った。

「懐かしいわね」

――初代のカフカも、蜘蛛が一際好きだったわ。

そう、懐かしむように言った時、私はこの学校に受かるのかもしれないという漠然とした予感を得た。

貴婦人のような彼女が、少女サーカスのトップにして生ける象徴である、団長シェイクスピアだということは、誰に聞かなくともわかった。

曲芸学校の在学期間は二年間とされている。襟が大きな、洗練されたデザインのセーラー服は、入学が決まった時点でひとりひとり採寸して、オーダーメイドでつくられる。インターネットのオークションでは多くのレプリカがつくられ売られるくらい、人気の高いものなのだと、お喋り好きの同期生が言っていた。もちろん本物であればより高値がつくだろう。そしてそれが、演目者のものであれば、尚更のこと。そう囁く彼女達の目は夢に輝き、自分がいつか文学者の名前を戴いて舞台に立つのだと信じているようだった。

劇場に併設された学校は、いつも塵ひとつなく清掃されていた。清掃は私達「針子」と呼ばれる新期生の仕事で、少しでも掃除の甘い所があればひとつ上の先輩達に厳しく叱咤された。窓に指紋がひとつついていただけで、夜まで正座させられた同期生を知っている。それは曲芸学校特有の「かわいがり」だったのだろう。

きらびやかで夢に満ちた、美しい学校の内情は、もちろん、白鳥の足が水中ではもがいているように凄惨だった。

同じ制服を着た先輩達に、優しくされた覚えはひとつもない。

彼女達のかわいがりの他に、いじめは日常的にあった。否、日常であったから、それをいじめと名付けていいものなのかもわからなかった。

二十四人の同期生。その中で、演目者として舞台の主役となれるのはひとりかふたりの選抜者（エリート）だけ。他は、名もない曲芸子となる。バックダンサーや、コーラス。「妖精」と呼ばれる、客席に客を導く役割など。もちろん団員のひとりであることにかわりはないが、そこに上下がないというのは、あまりに虚構だろう。

明確に、順位をつけて、他者を踏みつけて、上に立たなければならない。

同期からの排斥。私は比較的その標的になりやすかった。理由ならば自分でも思いつく。終始浮いていたからだろう。より正確を期するならば、同期生の中で私は終始、沈んでいた。常に、汚泥の中に半身を沈めているような重たさや暗さがあった。

彼女達の細い足や、日焼けを知らない白い肌、それからお団子にまとめた髪や、美しい形をした爪が酷く己と違いすぎて滑稽だった。同時に私は心の中で、美しい笑顔をつくれる彼女達を踏みつけることを快楽としていた。

そんな人間が愛されるわけもなく、同様に笑みを浮かべた彼女達を愛す努力もしたことはない。

梅雨の重い空の日に、下駄箱を開いて靴をとりだそうとして私は手を止めた。異臭がしていた。目に染みるような刺激臭だったが、人体に即座に不具合を起こさせるようなそれではない、と直感的にわかったので息を止めるだけにとどめた。

靴の中に入れられていたのは猫の糞だった。液体ではなかっただけ僥倖(ぎょうこう)だと思った。処理がしやすくてよかった。親の仕事につきそうことが何度もあったため、排泄物と死体のにおいはかぎなれていた。

立ち会ったことがないのは人の死体ぐらいだ。

哺乳類の汚物と死体に比べて、毒虫や爬虫類のそれは酷く無臭で土塊(つちくれ)や灰に近く、骨董や宝石のようで美しいと思ったことがある。生きるために悪臭を兼ね備えたものはあるが、それは毒と同じく生きる武器であり、死して残る醜さではないだろう。

近くにあった銀のゴミ箱に捨てて蓋をする。たまには一日裸足で過ごすのもいいだろうと思った。どうせ、ダンスの時はトゥシューズを履くし。床も自分達が掃除しているのだから綺麗だ。

特に不自由は感じていなかった。けれど。

「これ」

その時隣から、折りたたみのスリッパが差し出された。

「よかったら使って」

唐突に声をかけてきたのは、頭の天辺(てっぺん)、そこから少しずれたところで髪をお団子にひとつにまとめた、同期生の中でも一際「オーラのある」少女だった。

長い睫毛に、白い肌。顔のつくりの特徴よりも、彼女に色濃くでているのは、実力を伴う自信だった。中学校からのストレートの入学だとすれば三つ年下か。片岡……なんといったっけな。

そんな風に私は友達甲斐のない女であるのに、相手は真っ直ぐに私を見て言った。

「庄戸さん」

私はその響きに居心地の悪さを感じて、軽く首を傾げる。

「マツリでいいよ」

同期生の間で年齢の序列はない。あるとしたら、成績のそれだけだ。そして、名前を戴けるか、戴けないか。最後に上下が決まるのはそれだけ。

けれど片岡さんは小さく肩をすくめて、目をそらしながら言った。

「うーん。それも、なんかね。庄戸さんってずいぶん大人びているし」

それから長い睫毛をゆっくりと持ち上げて言った。

「カフカ？」

私は十八で、彼女はまだ十五か十六のはずだった。それにしては、あまりに傲慢な言い方だった。けれど私も顔色をかえずに言った。普段から持ち歩いているのであろう、彼女のスリッパを受けとりながら。

「私はサン＝テグジュペリって呼べばいいのかな」

片岡さんがサーカスの花形、ブランコ乗りを目指していることは、周知の事実だった。

また、彼女が私達の代で一番、そこに近い少女であることも。

彼女の身体能力は同期の中でも飛び抜けていたし、すれ違うものを振り返らせるだけのスター性もあった。そしてその目には、常に他人を寄せ付けない覚悟があった。

私をカフカと呼んだ少女は、私が言った呼び名にやはり傲慢に頷いた。

「光栄ね」

でも、長いから。ルウでいいよ。

それが、片岡涙海とまともに喋った、はじめてのことだった。


一年目のカリキュラムはさながら軍隊のようだった。歌。踊り。そしてステージパフォーマンスを徹底的に叩き込まれる。座学は申し訳程度の英会話ぐらい。つくりかえられるのは身体であり精神だった。見られるということはどういうことか。そして美しいということは、どういうことか。

月に数度、シェイクスピアが授業を見回りにくる。その日は教師の指導も、生徒の実習にもより一層の力が入る。

このサーカス団では、シェイクスピアが黒と言うものが黒で、白と言うものが白だからだ。シェイクスピアはおそろしい人ではなかった。いつも、穏やかな笑みを浮かべて、私達の授業を眺めていた。厳しい練習に泣き出す生徒がいれば、励ますことさえした。

「皆さんにお伝えしておきます」

トレーニング場のリノリウムはいつも綺麗に磨かれ、私達はそこに座っていた。シェイクスピアが前に立ち、私達に言葉を降らせる。菓子の上白糖のように、毒蛾の鱗粉のように。

「わたくし達サーカス団は、貴方方に完璧を求めません」

たおやかな声で。美しい立ち姿で。

「曲芸子となった貴方方は若くして舞台に立つことでしょう。演目者ともなれば、三百六十五日の間の、二百日近く、同じ演目をするかもしれません。その毎日が、同じものであっていいはずがありましょうか。一日一日、花の表情が違うように」

そしてひとりひとりの顔を覗き込んで、ただひとり、この少女サーカスの創世を知る、そのスポットライトと拍手、歓声を浴びたという生き神は言う。

「不完全でありなさい」

繰り返し、繰り返し。

「未熟でありなさい」

呪文のように。

「不自由でありなさい」

それは教育でさえなかった。定義だった。このサーカスの美しさは、客でも演出家でもなく、彼女が決めるのだと思った。

横暴は、頂上にいるものの特権だ。

微笑みが斬りつける。美しい声が断定する。まるで罪状を読み上げる裁判官のように。

「それこそが、貴方達が舞台に立つ理由であり、拍手と歓声、そしてスポットライトを与えられる理由でもあります」

私は鏡に映る彼女の後ろ姿を見ていた。そしてここに集まった少女達の目を。

芸のために、捨てられるものの多さを競う私達。若さ。時間。肉体。感情。青春と呼ばれる日々。

そしてそれと引きかえに手に入れるのは、ひとつだけ。

「美しくありなさい。ほんのひとときで構わないのです」

私は瞼をおろし、ひととき、という言葉を考える。

「そのひとときだけが、貴方方を、永遠にするのですから」

そうして、永遠を手に入れたものは、その先になにを見るのだろう。団長シェイクスピアのようになることが成功なのだろうか。鏡ごしに、盗み見るように涙海の方を見た。彼女はいつものように白い肌に薔薇(ばら)色の頬をして、真っ直ぐにシェイクスピアを見ていた。けれどそこに浮かぶのは憧れではないだろう。

覚悟であり、絶望の嚥下(えんげ)だ。そして私も夢想する。

この生き方しか知らない断食芸人のように。

舞台の上で、死ねたらいいのに。

過酷な毎日の他に、週末の休みには劇場の手伝いにも回らなくてはならない。

私達には十代の半ばから終わりの少女が味わうような楽しみがひとつとして与えられていなかった。

「でも、これも訓練のひとつだと思うの」

駅まで歩く帰り道で、涙海がそう言った。彼女は背筋を真っ直ぐにして歩く癖があるので、遠目からでもすぐにわかるのだった。海から流れてくる風が、むきだしのうなじを撫でた。いつもきっちりとお団子にしている彼女の首筋には、一筋の後れ毛もなかった。

劇場に併設された曲芸学校は湾岸地域の奥にあるため、家へと帰る時には必ず歓楽街の中を通らなければならない。日が落ちてから外を歩くようなことは滅多にないため、私達の知る経済特区はいつも、どこか疲れて乾いている。

こんな快楽の街を、若い少女達が己を誇示する制服を身にまとって闊歩（かっぽ）することに最初は危機感を覚えていたが、実際に歩いてみて自分達の立場を再確認した。

街を歩けば誰もが私達に注目する。視線は不躾で低俗でありながら、同時に私達を守るのだろう。死角のないようはり巡らされた監視カメラのように、私達はこの街に焼き付けられ、そして庇護（ひご）される。

少女サーカスというシンボルを背負う限り。

重さのあるそれは鎖にもなるし翼にもなるのだろうと、傍らを軽やかに歩く涙海を見ながら私は思った。

涙海は今日も毅然とした中に幼さの残る横顔で、傲慢な口調で話す。

「靴がなければ裸足で舞台に上がらなくちゃいけないでしょう？　違う？」

中傷にも耐えなければならないし、いわれのない噂に晒されることもあるだろう。そのどれもが、演目者となるためには必要なことなのだと、指を折りながら涙海は言った。

「それも含めて、この学校はとてもよく出来ていると思う」

彼女は少女サーカスを目指しながら、その存在に心酔していた。私は同意をしかねていたが、ではどんな学校であったならいいのかとは思わなかった。学校の方針も、同期生達の悪意も、潮を含んだ海風のようにどうでもいいことだった。

週に一度は救急車がくるような学校だった。あまりに頻繁であったがために、すでにサイレンを鳴らさずに校舎の裏に横付けされるのがふつうとなっていた。大体が、貧血で倒れる少女達だった。

ストレスからだろう。寮に暮らす少女達は体重の増加が著しかった。

私や涙海は数少ない自宅からの通いであったから、まだ気持ちの抜き方もあったが、それであってもつくりかえられていく身体に不具合がで始めていた。

「生理が三ヶ月きていないのよ」

電車を待つホームで、なんでもないことのように涙海が言った。

「貴方は？」

問われて私は一瞬の迷いのあとに言った。

「止めてもらってる」

涙海が大きな目で聞き返すようにこちらを見た。雄弁な瞳だった。

「親が獣医だから」

比較的医療の関係者とも交流が深く、身体にあったピルを処方されているのだった。そこまでは説明しきらなくても、

「あぁ」

頷きひとつで涙海は了解した。

「便利よね」

舞台にでるために、月の満ち欠けに左右されるのもナンセンスだという意味のことを涙海は言った。

少女であることはサーカスには必要だけれど、女であることは必要じゃない、と。

潔いほどの言葉だった。

セーラーの襟から覗く細い首とうなじを見ながら、ふと、よく読む本の一節が頭をよぎった。

「カフカの、短編小説に」

かすかに顎をずらして、涙海が振り返る。

「ブランコ乗りの話がある」

その冒頭に書いてあった。空中ブランコは人間のなし得る技の中でも、もっとも難しい

芸のひとつであると。

「聞かせて」

涙海がその一言だけで言う。私は説明が上手くはないけれど、それでも伝わるように言った。

「空中ブランコの、芸人が。芸を磨いていたら、ブランコから降りられなくなって」

「降りられなく？」

「……いや、降りたくなくなったんだ」

空中ブランコの上で暮らし始めたブランコ乗りは、心置きなく暮らしていた。人とのつきあいは限られ、時折相棒の曲芸師が縄ばしご伝いにやってくるだけで、そういう時ふたりはひとつのブランコに座って会話をするのだという。

ひとつのブランコ、その右と左に腰かける絵が美しくて、私はその物語を忘れられないでいた。そのイメージは涙海にも伝わったのだろうか。

「いいね」

彼女が目を伏せて笑った。

「わたしもそうあれたらいいのに」

声色は本気だった。涙海はすっと、駅のホーム、点字ブロックの上で、つま先立ちになる。転がり落ちれば死ぬというのに、この場所でそうすることが彼女には酷く似合っていた。

「ずっとブランコの上にいたい」

彼女の背中には見えない翼があり、モノレールののり場に吹く風がスカートとその翼をはためかせる。私が思わず目を細めていると、微笑むまま涙海が続ける。

「そうしたら、きてくれる相棒はきっとえるね」

「える?」

と私は尋ね返す。

そう、とくるりと回って、涙海はかかとを地に着けた。死の近くでパフォーマンスすることをやめた。

「妹がいるのよ。双子の」

初耳だった。もちろん、彼女について、その容姿と望みと身体能力以外に知っていることなどないけれど。私もまた珍しく、家のことを言ったからか、涙海はぽつりと続けた。

「わたしより、ブランコ乗りが上手いの」

まさか、と私は呟いた。そんな相手がいるはずがないだろうと思った。その呟きに、涙海は笑った。

「嘘だと思うでしょ? あの子は純粋に運動が好きなんだと思う。それから、わたしと一緒にブランコに乗るのが好きなんだって。あの子はわたしの方が上手いって信じてるけど、わたしにしてみれば、誰にも見られなくても黙々とやれるあの子の方が天賦の才があると思ってる」

「けど」

ホームのアナウンスが鳴る。モノレールが飛び込んでくる。その音にかきけされないように、涙海の方を見て告げた。

「ブランコ乗りになるのは涙海なんでしょう」

くるりともう一度涙海が身体を反転させる。モノレールの風にのるようにして。

「そうよ」

ひだの綺麗なスカートを翻し、笑ってみせた。

「あの場所に行くのは、わたし」

こんな時に、笑い返せば様になるだろうに、私は上手く笑えないのだった。

夏の長期休暇が終わる頃。五人が曲芸学校を去っていった。

教師は彼女達を、最初からいなかったものとして扱った。

私達は吐き気をこらえるように毎日をのり越えて、去っていくものを振り返ることさえしなかった。


秋の感傷も冬の沈痛さも感じず、コーナーを回る馬のように月日が過ぎた。私達はよく訓練され、身体と精神をゆっくりとつくりかえ、階段をのぼるように一年から二年へと進級した。一年の総仕上げは、勝者と敗者を目の当たりにすることだった。

曲芸学校の卒業式はサーカスの休演日に、劇場で行われている。

一代上で、演目を手に入れたのはナイフ投げのクリスティ。私達は彼女の美しい横顔と、対照的に睫毛を伏せたその他の先輩達の顔を一生忘れないだろう。

オレンジ色のドレスをまとうのは五代目アンデルセン。まるでハツカネズミの歌姫ヨゼフィーネのようだと私は思った。そのリードにあわせて合唱するのは、拷問のような、囚人のような歌だ。

サーカスへようこそ。

保護者と、招待客が客席を埋め尽くしている。曲芸学校の入学式は一般には非公開のため、私達ははじめて好奇の目にさらされたし、同時にはじめて舞台上からの景色を見ることとなった。

スポットライトが目に染みた。自分以外に捧げられる拍手は、どこか遠くに聞こえた。

壇上の下手には後輩の私達。そして、壇上の上手には、選ばれし先達たる当代の演目者が座っていた。どの少女もめいめいに舞台衣装を着込み、唯一にして最高のヒロインであるかのように振る舞っている。他を圧倒するその存在感こそが、この学校を巣立つ少女達へのはなむけのように思えた。

その中で、ひとり。一番端に座った少女を、私は見ていた。他のすべての演目者と同じように、美しい少女。けれど彼女が異質だったのは、式の間中、一度も立ち上がらず、一度も唇を動かさず、一度も瞬きをしなかったこと。彼女の衣装は薄く、身体にぺったりと張り付いたタイツには、いれずみのように球体関節のプリントがあった。腕も足も病のように細く、切りそろえられた髪は荒れて乾いていた。

そして、整いきった顔面には、薄い微笑みが仮面のように張り付いている。

卒業の歌のリードを終えたアンデルセンが、彼女のもとに歩み寄り頰にキスをすると、いびつに、たどたどしく、操られるように、動き始める。

彼女はパントマイムのチャペック。

人形の振る舞いを得意としている、少女サーカスの演目者だった。きらびやかな舞台の上、歴史的な、卒業と襲名という瞬間。けれどその中で、彼女の異質さの方が、私の目には際立って映った。

進級は、ずっと押さえ込まれていた鍋の蓋が外される感覚に似ていた。真新しい制服に身を包んだ、肩幅の小さな少女達が後輩として入学してくると、役割は受け継がれ、私達は虐げられるものから虐げるものへとなる。

そこにきてようやく、なぜ先輩達があれほど辛く私達に鞭のような言葉をふるったのかわかるような気がした。それはある種の優しさだった。離脱し、諦めた方が幸福なのだ。ぬるま湯につかり、落ちこぼれとして曲芸学校を卒業することは、身体にも心にも、深い傷を負いすぎる。

だから期待と自信に溢れた少女達の目に灯る光を、浅い吐息で吹き消すのは私達一年年上の人間のつとめでもあるのだ。彼女達が欲しいものを手に入れるだけの強さを得られるよう、あるいは得られず去ることで絶望に朽ちることのないように。

夢と希望。それらは美しくも優しくもないということを教え込み、打ち砕かれたそこに残る闇を見たいと思った。

その闇から這い上がってくる光だけが本物なのだと、私達は知っているから。

あれほどに厳しかったひとつ年上の先輩達は団員となり、曲芸子となり、粛々と己の公演をこなすこと、そして潮時を見つけて去っていくことに尽力し、こちらを振り返ることはなくなった。

かわりに、同期達のつばぜりあいは、より深くに隠れ、凄惨になった。これまでのように集団での授業は少なくなり、少数でのトレーニング制となったことも大きいのかもしれない。教師の指導には露骨に甲乙がつくようになった。そして私は春のはじめに団長室に呼び出された。

校長先生が座るような椅子に浅く腰かけていたのはシェイクスピアで、私は自然に背筋を正す。

「こんにちは」

彼女が微笑みながら言うので、細心の注意を払って、スカートを小さくつまんだ。

「ごきげんよう、シェイクスピア」

私のこの挨拶に、シェイクスピアは満足げに頷いた。私は息を止めたまま、彼女の言葉の続きを待つ。多忙な彼女は、常套句で場をあたためるようなことは一切しなかった。

「今日ここにお呼びしたのは、貴方のお父さまにお願いをしたいことがあるからです」

単刀直入な言葉に、はい、とだけ私はこたえる。予想していたこと。けれど、予想よりも彼女はずっと迅速だった。その速度が、自分への期待だと信じていいのかどうかは、わからない。

シェイクスピアの願いとは、父を通じてサーカスの演目用の動物を飼いたいということだった。そしてその世話を、私にまかせたいとも。

「すぐに父に相談します」

と私はこたえる。父は否とは言わないだろう。たとえばどれほど彼が人脈と金銭を負担することになったとしても。それは、私がサーカスの中で演目をまかされるために必要なことだからだ。シェイクスピアはそんな私の様子に目を細めて言う。

「喜ばないのね」

「いえ」

充分に喜んでいます、と私はこたえる。嬉しい顔は出来ないけれど、それは今にはじまったことではないから。

シェイクスピアは私の鉄面皮を責めるようなことはしなかった。

「もちろんこれで、あなたの襲名が約束されたわけではありません」

その言葉は、私を落胆させるためではきっとなかったのだろう。

「これからの一年、より一層、芸に励んでください」

充分な言葉だった。私は深々と頭を下げ、確かな喜びに胸を震わせながら、団長室をあとにした。

約束はされていない。それでも、一歩一歩、階段を上がっていく気がした。視界の端、廊下の階段の踊り場で、ひそひそとなにかを囁きあう同期生が見えた。そちらを見れば、蜘蛛の子のように散っていく。

あんな場所は、階段の上ではない、と私は思う。けれど、そのもっと上から、ゆっくりと降りてきた影には、目を細めた。

「貴方がシェイクスピアに呼び出されたって話題で、みんな持ちきり」

手すりに手をかけて、窓からの光を背負って、涙海が笑う。

「襲名の話でもされた?」

「そうじゃないけれど」

どうせすぐにばれることだ。演目のための動物を工面するように言われたことを涙海に伝えると、涙海は目を輝かせた。

「素敵じゃない」

それから、ふわりと手すりをのり越えて、涙海が飛んだ。スカートを翻し、五月の光に押されるようにして、彼女が私の足下に着地する。極限まで磨かれた、身軽な身体。

「素敵かな」

「素敵でしょう？」

　風が起こりそうなほど長い睫毛をまたたかせて、涙海が言う。私はその、頭の小さな、小柄な身体を見ながら、言葉を探していた。

　もしもこのことが、万人にとって素敵なことなら。

　私はああして、ひそひそと陰口を叩かれることもなかっただろう。けれどその疑念をいかように説明していいのかわからず、私はやはり表情をかえぬままに、言葉少なに尋ねた。

「涙海は、不安には、思わない？」

　ひとりが、階段をのぼれば。

　踏みつけたのは、同じ制服を着ていた少女かもしれない。

　けれど涙海はおかしそうに笑い、言うのだ。

「どうして？」

　それからスカートを翻し、つま先でくるりと回って。肩越しにこちらを振り返り、視線を流しながら低い声で囁いた。

「来年演目者となるなら、わたしと貴方でしょう？」

　私は言葉を失った。涙海は、一年間をこの学舎で暮らしながら、それでもなにひとつ歪むことはなかったのだと思った。

　ゆっくりと目を閉じる。この子は生まれながらの花なのだろう。あの広い舞台でスポットライトを浴びるために生まれてきた命だ。

私が誰かを踏みつけて上にのぼる時、彼女はかろやかに、私の肩をのり越え、もっと上に行こうとするのだ。

一体どういう生き方をして、どういう鍛え方をして、どういう覚悟があったら。こんなにも美しく笑えるのだろう。

彼女の肩に降り注ぐ光を見ながら、私は浅く、息を吐く。

きっと私は、この子には敵わない。

けれどそれが、嫌ではなかった。

「涙海は、きっと小さな頃から、サーカスの演目者が夢だったんでしょう」

半ば確信を持って尋ねたけれど、涙海は笑って。

「ううん」

首を振り、はきはきと涙海はこたえる。

「小さな頃から、わたしの夢は、ブランコ乗り」

それだけよ、という彼女はどこまでも真っ直ぐだった。そしてその真っ直ぐさのままに、私にも尋ね返してくる。

「茉鈴も？」

「私は」

問われて、私はもうずっと忘れていた、昔のことを、思い出していた。

小さな頃から父の仕事についていくことが多かった。私は人間よりも動物の方が好きなかわりものだったし、両親は一人娘である私の我が儘なら大抵のことは聞いてくれた。特に好きなのは海浜競馬の厩舎だった。海浜競馬場はこの国にある競馬場の中でも最新かつ最大級のもので、毎週のごとく欲望の鞍をのせた馬達が天然芝の上を駆け抜けていった。

人々の歓声と、怒号。それらを一身に浴びても臆さず、驕(おご)りもしない馬達が好きだった。

将来の夢は、「馬にのる人」。つまり騎手のことを指していたのだと思う。けれどそれは難しい、と幼い私に父は言った。

私の表情のかたさは間違いなく父親譲りで、父親は決して笑わない人だったが、豊かな髭(ひげ)が口元を隠しているためよくわからないのだった。

私は女で、父のような髭をたくわえられないことは人生上不利なことだと幼い頃から今にいたるまで思い続けている。

彼は私のような子供の夢にも生真面目にこたえた。

『女性騎手の活躍の場は現状地方しかない。これからもメインストリームとなることは難しいだろう。調教師はどうだ』

その提案に私は静かに首を横に振る。私は一対一で動物と向かいあうことではなく、彼らとともに歓声を浴びることに価値を見いだしていた。

そのことを父は知ってか知らずか——言葉を持たない動物の気持ちを読み解く彼には、子供の思考などお見通しだったのだろうか——ともかく、彼は言ったのだ。

『獣医師以外で、動物とともにある仕事といったら……そうだな。あのサーカスのカフカしかないだろう』

『カフカ？』

『猛獣使いだよ』

父さんが若い頃に見たことがある。

それは少女に操られる、動物達の饗宴。

一度この目で確かめたくて、サーカスに行こうとしたが、すでに『猛獣使い』の演目は、演目者の事故死という形で欠番になっていた。

どれほど待っても復活する様子がないので、高校に入った時点で私は諦めた。

もう、自分がなるしかないだろうと。


それから、日々のトレーニングに加え、動物達の世話が私の仕事となった。劇場の一室に幾つもの檻が組み立てられ、そこに動物達がやってきた。毎日通ってくれる飼育員もいたが、動物達のウェイティングルームの鍵は私も渡されていた。

シェイクスピアはこれが襲名の約束ではないと言っていたが、涙海が私におめでとうと言ったように、はたから見ればこの待遇はシェイクスピアの寵愛とともとられたのだろう。

私がカフカになる望みがないのならば、こうして購入費も維持費もかけて、安くもない獣達を飼うようなことはないはずだ。

涙海をのぞく同期生達はあからさまに私を避け始め、わかる声で獣のにおいが汚らしいと言い、親の金でサーカス団にとり入ったのだろうと言った。大体はあっているから、面と向かって言われたらそうだよと教えてあげたのに。

そうよ。私の両親にはお金があった。

金だけではない。私の親には実力もコネクションもあったから。そして私に対して、愛情があったから。それだけのものが、貴方達にはなかった、それだけのことでしょう？

とは、思ったけれど言わなかった。言う必要もないことだ。

風当たりが強くなったことと対照的に、もの言わぬ相棒達との時間が増えたことで、毎日に安寧がもたらされていた。しばらく続いた、家に帰っても慌ただしく食事をして寝るだけの生活に忘れかけていたけれど、やはり私は動物が好きなのだと思った。彼らは、私が笑わないという理由で拒絶したりはしないから。

ケージに入った毒虫。蛇に、馬に、若いライオンも用意してもらった。丸一年かけて、私に馴らし、人の目に馴らし、そして芸に馴らす予定だった。

鍵は私が帰る時にかけていくことにしていた。そうすれば通いの飼育員も、鍵のあるなしによって私の不在がわかるからだ。

同期生達はこの部屋に寄りつかない。涙海さえ、私がブランコ乗りの演目に口を出さないように、この部屋には近寄ろうともしなかった。

だから、動物達を飼い始めて数日後のこと、暗い檻の隅に投げ出された足首があった時には、さすがの私も足を止めた。

近くにある電灯のスイッチを押すと、白い光が部屋の中を満たす。さらさらと蛇の動く音がした。

「あの」

私は細い足首に近づき、檻と壁の間にもたれかかる、小さな身体に躊躇いがちに声をかける。

「チャペック」

地面に腰をおろして目を閉じているのは、サーカスの演目者だった。

パントマイムのチャペック。

舞台衣装と同じ黒いドレスに、球体関節をあしらった薄いストッキングをまとっていた。倒立のひとつも出来なそうな、骨の浮いた細い手足だった。

「困ります、チャペック」

私は膝をついて、チャペックの肩に手を置くかどうか迷った。このサーカス団では文学者の名前を戴くものがなによりも上位にある。私達針子は影を踏むことも許されない。

チャペックは眠っていたわけではないようだった。豊かに弧を描く睫毛が彩る瞼を持ち上げた。瞼の上まではっきりと化粧で塗り固められていたので、毛穴も見あたらず血管も浮きでておらず、本当につくりもののようだった。

「ここで、なにを……」

「動物が」

とチャペックの赤い唇が動いて、羽音のようなかすれた声がした。舞台上でもそれ以外でも、ほとんど喋ることのないチャペックの、生の声を聞いたのはこれがはじめてのことだった。

「なんでこんなに、いっぱい、いるの？」

ゆっくりと首を傾げてチャペックが尋ねる。その仕草さえもよく出来ていたから、私は喉を鳴らす。

思わず天井を視線で撫でたのは、そこからつり下がった操り人形の糸を探したからだった。

「演目のためです」

私は戸惑いながらもそう言っていた。

「新しい演目のために。猛獣使いの、相棒の部屋です」

了承の意図だったのだろうか。こくん、とチャペックの首が落ちた。私は慌てて、その首を受け止めるように両手を出してしまった。

本当に、落ちるかと思ったのだ。

パントマイムは彼女の十八番(おはこ)だ。それを知っていてもなお。舞台の上ではなく至近距離で見ることはおそろしかった。

ステージの上は非日常である。けれどここは、ステージではないから。まるでディスプレイの中から転がり落ちてきたような彼女は異質で、酷く不安定だった。

私や飼育員以外の人間が入ると、動物達はざわめくものなのだが、今は静かだった。彼女からあまりに、無機物の気配しかしないせいだろうか。

ここでなにを、と私はもう一度聞いた。こたえる気はあったらしく、チャペックは薄い笑みを浮かべたままで、唇を微弱に震わせて言った。

「食事をね、しなさいって言われて」

空調の音、近くの馬の吐息の方が大きかったから、私は耳を近づけなければならなかった。

「お医者さんがね。食べないといけないって言うから」

小さな子供が言うように、たどたどしい言葉だった。

「逃げてきたの」

私は自分の眉間に皺が寄るのを感じた。それからチャペックはやはり無機質な動きで、ポケットから宝石箱のようなものをとりだした。イヤリングや指輪がおさめられるのにふさわしいベルベットの赤い箱は、開くと山盛りの、錠剤とカプセルだった。小さな、使い捨ての注射器もある。

そしてチャペックは、やはり薄い微笑みを浮かべたままで、私に言うのだ。

「立ち上がれなくなっちゃった。お水をちょうだい？」

ぞっとしなかったかといえば、嘘になる。その一方で、出来すぎだとも思えた。人形のような少女、食物を拒絶し、薬に依存する。骨が浮きでて、その関節を、ストッキングが丸く装飾する。

あまりに出来すぎている。こんな出来すぎたものが、舞台をおりてまだ実在していることが驚異だった。私達にとっては、非日常である舞台が、彼女にとっては、生き方と命そのものなのかもしれない。

それでも私は彼女に抵抗するすべなどなかったから、水を汲むために近くのコップを摑んで部屋をでた。その時だった。

「ねぇ」

廊下の先から、はりと艶のある声が飛んできた。それだけで、足を止める力のある呼びかけだった。

振り返る。レースをあしらった、春の色のカーディガンをまとって、桜色の髪留めを揺らしてやってきたのは、やはりサーカスの演目者。歌姫アンデルセンだった。彼女はきつい目をしたまま真っ直ぐに私のもとに歩いてくると、はっきりと立場の上下を感じさせる口調で言った。

「貴方。チャペックを見なかった」

見たか見なかったか。その問いのこたえははっきりとしていたのに、私は言葉に詰まった。するとアンデルセンは、それを肯定とみなし、私よりも低い背丈でありながら、完全に私を見下して言うのだ。

「言いなさい」

私はそれでも、言葉を出せず、ただ視線だけで、でてきた部屋を示す。アンデルセンはすぐに気づいたのだろう。ウェイティングルームに入ろうとし、それから、愛らしい紅色の顔を歪めた。

けれど意を決するように踏み込んでいく。周りの動物達がざわめくのがわかった。檻の中のライオンが、ゆっくりと喉を鳴らす。

アンデルセンは、床に座ったままの、壊れた人形にだけ注視して。

「立ちなさい」

強烈な支配者の口調で言った。私はその肩に手をのせ、彼女を止めようとした。

「立てないって……」

薬を。水を。

けれど、アンデルセンはきっと音を立てるように、私を振り返り、睨み付けた。それが、どんな言葉よりも雄弁な憎悪であったために、私はなにも言えなかったし、触れることさえ出来なかった。

動物の、本能で。

殺されるかどうかぐらいは、わかるのだ。

アンデルセンはもう一度振り返り、パンパン、とその、桜色の爪をした手のひらを打ちあわせた。

その音にあわせ、チャペックが、重力に反する動き方をした。宝石箱が膝から落ち、錠剤が辺りに散る。アンデルセンはそれらに目を向けることはせず、手を伸ばした。

「そうよ」

それから、魔女のようにチャペックを引き寄せる。不思議とその言い方には、怒りもなかったし強制の響きもなかった。慈愛ともいえるやわらかさで、銀の細い装飾時計をつけた手首を伸ばす。

「いらっしゃい」

それから、アンデルセンはチャペックの手を引き、私の隣をすり抜けていった。もう、私に話しかけるために足を止めることはなかったけれど。

最後に一言、吐き捨てていく。

「畜生の部屋にはきちんと鍵をかけておいて頂戴ね」

私は凍り付いたように動けぬまま。

人形であるチャペックは、振り返ることもしなかった。

残された私は皓々と光る部屋の中で、生き物の気配を感じながら、足下に落ちた、錠剤をひとつ、つまみ上げると、奥歯で噛んだ。

がりりと固い小麦粉を割るような食感がして。

薬物の苦みに、頭の隅が、錐で刺すように痛んだ。

パントマイムは無言劇とも訳される。言葉ではなく、身体の動きで演ずるパフォーマンスだ。厳密には曲芸とはいえないのかもしれないが、表現の一種として、歌やダンスの他に曲芸学校のカリキュラムに組み込まれている。

だから私達はその基礎、実際にはないものをあるように見せることや、ロボットのように振る舞うやり方を知っている。理屈だけならば。けれどもちろん、チャペックという名を冠する者の行う演目は、特別でなければならない。

私は劇場の裏手、控え室の外にある小さなサブ画面、そこに映し出される舞台上の映像を注視していた。カチカチとメトロノームのような音が流れ出し、薄い幕が上がると、人々が拍手で歓迎する。

舞台の上に現れるのは黒い髪。白い肌。関節の丸い、操り人形。瞳は開き、微笑みが張り付いている。骨の折れたような不自然な座り方はまるで、持ち主の子供がおもちゃ箱に押し込んだかのよう。しかしその顔に浮かんでいるのは歪むことのない人形の笑みである。やがて軽快なピアノの音と一緒に、天から下がる糸が彼女の腕を引き、立ち上がる。

客達は拍手のタイミングをはかりかねている。彼女の芸は客の方向を向いていないパフォーマンスだから。口元はあんなに美しく笑んでいるのに。瞳は一度も瞬きをしない。それは客の喜びのためではなく、彼女が彼女としてあるため、当然のことなのだった。

人形には意志がない。

ただ、天から降りてきた主のいない糸が、縦横無尽に彼女の身体を動かす。首という首を回し、持ち上げ、落とす。踊りにもならない、いびつな動きだった。しかしそれがよけいに真に迫り、観客は陶酔する。そしてまるで彼女を操る糸を、己が引いているような錯覚さえおこすのだ。

暗がりでモニタに映る舞台映像に私は見入っていた。私が足を止めていたせいではないだろうが、同期生の二人組が同じようにモニタの前で足を止めて、何事か囁きあう。

私に向けた言葉ではなかった。上級生になって数ヶ月の間に、私は涙海以外の同期生とはほとんど会話することもなくなった。動物の調教と芸の仕込みにカリキュラムのほとんどをとられているせいもあるが、彼女達の排斥が無視と黙殺という形で現れているのだった。それはいっそ楽なことで、今も、囁きは私の耳に届いたが、私はいないものとされているようだった。

「地味でつまらない演目ね」

と誰かが言った。私はそちらを向かなかった。

「チャペックなんて、顔だけでしょう」

わかりやすい陰口だった。暗がりだったから顔を確認する気にもなれないけれど、涙海の傲慢さとは違い、彼女達の言葉は舞台裏でいやに卑屈に響いた。

「顔だけでさえないわよ」

と、続きの囁きは愉悦に満ちている。

「あの顔だってね、入れてるらしいわよ。特に、鼻と口元ですって」

「入れてる?」

暗い笑い声。

「ナイフ」

私は一拍遅れて、その意味を把握する。隠語というには直接的な発言だった。私は記憶をたどり、間近で見たチャペックの青白い顔を思い出す。薬。注射器。それから。

彼女達の言いたいのは、ナイフではなく、メスだろう。

「本当に?」

とやはり笑い声をひそめて同期生が言う。

「本当。私ネットで見たことあるんだ。チャペックの、入学前の写真」

別人だよ、と他人の秘密を暴く声が暗闇の中でゆらゆら揺れている。それは、じゃあ、別人なんじゃないのと私は心の中だけで言う。聞こえないふり、いないふりにつとめているけれど。

なんにせよ勇気のある発言だなと思った。私も普通の女子高生だった頃は液晶画面の広いスマートフォンを持っていたが、曲芸学校に入学するにあたって学校指定の携帯端末に買い換えた。おさなごに与えるような、インターネットの使用が極端に制限されている端末だった。団員となっても、端末は支給されるのだという。

それは酷くやわらかで良心的な情報統制なのだ。

私達が、悪意のある中傷から逃れるために。せめて外界からのノイズには惑わされないように。けれどそれもちろん形だけのもので、実家での情報環境までは制限出来ないし、抜け道は幾らでもある。

内側から刺されることにさえ慣れた私達は外界からの罵詈雑言程度では痛みなんて感じないけれど、それでも自分から飛び込んでいくのは悪趣味な物好きだと思った。

そして、そうやって手に入れた言葉で他者を笑うのは、どこまでも浅ましく愚かな所業だろう。

「本当にツ、ク、リ、モ、ノなんだ」

くすくすとふたり、いやらしい笑い方。なにがおかしいのだろう。馬鹿馬鹿しい、と思ったその瞬間だった。

「なにがそんなにおかしいの？」

背中から射貫かれるようなソプラノが響いて、私は振り返る。隣の同期生も、言葉だけでなく息まで止めたのがわかった。

立っていたのは、舞台衣装と化粧で姿形を彩った、歌姫のアンデルセンだった。彼女は暗がりの中、自らの美しさを浮かび上がらせながら、背筋の冷たくなるような笑みで、有無を言わさぬ美声で、尋ねる。

「今笑ったのは、だあれ？」

びくりと、隣のふたりの肩が揺れた。アンデルセンはもちろん容赦するようなことはなかった。

「舞台に立っている演目者を笑う資格が、貴方達針子にあっただなんて驚きだわ。いつから曲芸学校はそんな教育をはじめたのかしら」

彼女は怒っていた。

いや、怒り、という単純な感情ではなかった。失望であり、激昂であり、糾弾と断罪でもあった。ほの暗い舞台袖では、刃を突きつけられるよりもおそろしいことだった。

同期生が互いに顔を見あわせ、それから私の様子を窺ったのが、暗がりの中、気配だけでわかった。それから、かすれて震える声が響いた。

「……彼女です」

私は小さく息をつく。言うと思った。

今の今まで存在を認めることさえしなかったのに、こんな時だけ。

「貴方？」

微笑んだまま、アンデルセンがゆっくりと私に近づいてくる。広がった髪から海のようなにおいがするので、私はほんの少しだけ後ずさった。逃げたのではない。気配が強すぎて、気圧されたのだった。

彼女の持つ大型獣の迫力と、毒虫の気配がこちらに向いたので、同期生はその隙に逃げようとした。弱者には当然の反応だったが、そちらが当然ならばまた、強者もそれを見逃すことはしないのだ。

「お待ちなさい」

彼女の言葉はまるで呪いのように、操り人形の糸のように、同期生を搦め捕る。

それから、ひらりと翻ったジェルネイルが、同期生のひとりの頬を、音を立てて打った。容赦のない一打で、大きく鳴った。もちろん、痛みよりも屈辱の方が大きいことは想像にかたくなかった。

追い打ちをかけるように、美しく微笑んだままでアンデルセンがうたう。

「名前は聞かないわ」

多分、覚えても意味がないでしょうから。

アンデルセンは言葉の使い方を、その暴力性をよくわかっている人間だった。彼女の発した言葉は、多分、可憐な手で打たれることよりもふたりの同期生達を打ちのめしたことだろう。もちろん、アンデルセンは私をかばったり、信じたりしたわけではなかった。瞼を半ば伏せて睨み付けるようにすると、はっきりとした軽蔑を込めて言い放った。

「この木偶(でく)に他人を笑えるだけの可愛げがあったなら別だったでしょうにね」

それはともすればアンデルセンが同期生達に向けたよりも強い排斥感情だったが、そんなことは頬をはられた彼女にわかるはずもない。アンデルセンの言葉は同期生達の心情を逆撫でしただけだったのだろう。

彼女達は顔を歪ませて、早々に立ち去っていった。

私は静かに感心したのだった。私という人間の本質が、彼女には見抜かれているのだということに、どこか感動にも似た思いを覚えた。

かといってそれらの感情をあらわすすべを持たないので、私は立ち尽くしたままだった。モニタの中ではチャペックのパントマイムが終わりを告げ、一本一本、糸が切られていく最中だった。

操り人形から、ただの人形に。

命が切れるように、腕が落ち、腰が落ち、足が落ち、そして首が落ちる。

私を見て、アンデルセンが不愉快そうに眉を寄せた。美しい彼女には珍しい表情だった。けれど、私に対しては見覚えのある嫌悪感だった。

彼女が問いかける。

「なにか、言いたいことがあるの？」

「いえ」

私はまるで、その言葉を予想でもしていたかのようにこたえていた。

「私に、言いたいことがあるのは貴方の方かなと思っています」

その、私の言葉に、アンデルセンはふっと笑う。それは美しいけれど壮絶な笑みだったから、まずいな、と思った。多分、きっと、とてもまずい。アンデルセンがもう一度、手の平を持ち上げる。今度は私を、羽虫のように叩き落とすために。

けれど舞台から漏れ聞こえる拍手と、糸が切れて横たわったチャペックの映像がアンデルセンの手を止めた。

多分気づいたのだろう。私に触れることさえ、穢らわしいということに。

　そしてアンデルセンは足早に舞台袖の方に歩いていった。多分、舞台から降りてきたチャペックの世話をするためだろう。

　チャペックは暗転した舞台の中で、針子達に抱えられるようにしてはけていく。もう自分で動くことさえ出来ないのだった。糸が切れてしまった、人形だから。

（なにか、言いたいことがあるの？）

　そうか、と私は思う。せっかくあの歌姫が、尋ねる機会を与えてくれたのだ。聞けばよかったのかもしれないと思う。

　きっと、こたえてはくれないだろうけれど。せっかく聞かれたのならば、尋ねればよかった。

　どうして彼女（チャペック）には、あんな風に、特別な寵愛を与えているのかと。

　飼育室には鍵をかけろと言われていたけれど、それをする気にはなれなかった。盗られるようなものもないと思ったし、交代で入ってもらっている飼育員への合図ともなっていたし、加えて、もうひとつ。

　昼休みに、檻の奥に足首が落ちているのが見えて、私はため息をつきながら歩を進める。

「またですか、チャペック」

　膝をつき、覗き込む。

ライオンの檻と壁の間、狭い隙間に嵌まるようにして座っているチャペックは、今日もいつもと同じタイツとストッキング、それから夜のような黒い服を着ていた。

目を閉じている時もあれば、開いている時もある。かといって、眠っていることはまずなかった。

彼女は決して動物に悪さをすることもなかったから、動物達も静物のひとつと解釈しているようだった。下手に刺激すれば怪我をしてもおかしくはないが、その心配は必要ない。

人形は、動物を、刺激したりはしないだろう。

たとえ首をもがれて、転がされたとしても。

悲鳴のひとつも上げないのだろう。

彼女がくるから、鍵はかけられない。それもひとつの理由だった。私が困った気配をにじませながら言っても、チャペックは目を閉じたままこたえなかった。

「あのですね。私が、アンデルセンに怒られるんですよ」

あれから一度たりともアンデルセンがここを訪れることはなかったが、多分見つかれば、怒られるというだけでは済まされないだろう。アンデルセンの名前を出したことで、ゆっくりと、チャペックの瞼、そして黒い睫毛が持ち上がった。

「ハニは」

呟きが一瞬なんのことかわからなかったが、続く言葉が緩慢であったために、追いつくことは出来た。

ハニとは、アンデルセンの愛称だ。花庭という、苗字だから。

「ハニは、動物が、嫌い」

そうです、と私は頷いた。アンデルセンは動物が嫌いなのだろう。それから、続く言葉は不思議なほどに簡単に出た。

「それから、私のことも嫌いなんです」

黒い目がこちらを見る。人形と目があう。不思議な気持ちだ。動物と目があう時と似ている。思い込みにも似た、感傷だった。

髪が一筋長い睫毛にかかっていた。その乱れが、人形にはふさわしくないと思い、指先を伸ばしてわずかに、よけた。目元から鼻と口元を注視していた。考えたのは「ナイフを入れた」という同期生の言葉だった。

たとえば彼女達は特別な糊を使い、一重瞼を二重にする。そして睫毛を植毛し、カールをかける。そのことと、病院に行き手術台に横たわり顔にメスを入れることは、どれほどの隔たりがあるのだろう。

私達は心と身体をつくりかえ生まれ変わろうとする。精神であれば許容され、身体であれば蔑視されるのはおかしいことだろう。

そして、彼女は人形なのだ。

人形師がとがりすぎた鼻を削るように、への字になった口角を上げてつくり直したところで、それが間違いだとは到底思えない。

そして本当にサーカスから排斥されるべきものなら、団長が、歌姫が、許すはずがないのだ。

「アンデルセンは、貴方のことは好きなんですよ」

今一度、チャペックにわかってもらうために。ゆっくりと私は告げた。理由もわからないし、根拠もないけれど。

見ていればわかるし、間違いではないはずだ。

「だから、ここに貴方がいたら、アンデルセンは怒ります」

わかって下さい、と私が囁けば、ゆっくりと、チャペックの首が横に倒れた。

「どうして」

とチャペックが尋ねた。私はそのどうして、がなにをさすのかわからなかった。ゆっくりと腕が持ち上がり、かぎ針のように曲げた形でかたまった指が、私の手にひっかけられた。床に座り続けて冷えた末端はその形以外を形作れないのではないかという錯覚をおこす。そして私の手に指をひっかけたままで、チャペックが言った。

「貴方、わたし、と、こんなに似てるのに」

虚を衝かれた。肩を揺らし、咄嗟に返事をしていた。

「似ていません」

たたみかけるように言ったのは、似たところではなく、違うところだった。決定的な、違いがある。

「私は貴方のように笑うことが出来ません」

きっと何度顔をつくりかえても。私の仮面は笑う形には、ならない。だから、貴方のように美しくは、なれない。

私の言葉は、届いたのか届かなかったのか。チャペックが両腕を出してきたので、それを引き、筋肉の装甲がなく軽い身体を持ち上げる。

そして立ち上がったチャペックは、うっすらと笑んだまま、一言告げた。

「それだけ」

そうして帰っていく。彼女の舞台、歌姫の膝のもとに。

(それだけ)

私は動物達の世話をしながら、考える。どうして鍵をかけないのか。チャペックがこの部屋のなにを気に入ったのか。アンデルセンはなにを愛しているのか。

(笑うだけ)

たったそれだけの違いだろうとチャペックは言いたかったのだろうに。

確かに、それだけなのかもしれない。それだけのことが、私には、どうしても出来ないのだった。

十代最後の夏は、動物達と過ごした。夏をこえる頃には、トレーニングは同期生達とはほとんど別行動になったし、何人もの演出家やプロデューサーが紹介された。

私はインストラクターとともに舞台に上がり、覚えたばかりの曲芸を披露し、助言をいただいたりもした。

「しばらくなかった演目だからね」

面白そうだと、どの関係者も口を揃えて言ってくれた。彼や彼女達は私の人間性でなく芸だけを見ていたから、それはとても楽なことだ。舞台にのぼってはじめて感じた、麻薬のようなスポットライトも。

それらに比べれば、同期からの陰口も冷たい視線も、馬鹿げた嫌がらせもすべて、傘をさしてしのげばいいような些末なことだった。友人としての穏やかな会話は涙海とすればよかったのだから、私は充分にめぐまれていたのだろう。

相変わらず私の飼育室には、たまにふらりと人形が現れた。くることを期待していた部分もあったのかもしれない。

彼女は傍らにいるだけで所有欲を満たすような、奇妙な充足感を私達に与える。私でさえ自分の人形を世話しているような気になるのだから、あの歌姫アンデルセンも、親のような主人のような飼い主のような、持ち主のような錯覚を抱いても仕方がないことだ。

そんな秋口のある日のこと。

創作ダンスのトレーニングをしていた午後、稽古場に別のインストラクターが駆け込んできて、私の名前を呼んだ。

「飼育室の様子がおかしいの」

その言葉に、私は廊下を走り一目散に重い扉の前に立った。確かに、中で動物、特に馬が興奮しているのがわかった。扉をあけた瞬間、目に強い刺激を感じる。辺りが曇っていた。

（これは……）

袖口で口元を覆うと、すぐに他の飼育員、それから私の実家に連絡を入れてもらうように頼む。

涙を堪えて中に入れば、蜘蛛のケージのすぐそばに、防除業者用の大きな殺虫剤の缶が置かれていた。水を入れて置き、家の中のシロアリを一度に駆除するような強力なものだった。

怒りで心臓が止まるかと思った。

ひとまず缶を外へ投げ捨て、人を呼んで大型の獣を檻ごと廊下に出す。一番最悪の事態はまぬがれたと思ったのは、部屋の中にチャペックが不在だったことだろうか。

なんとか、生きている動物達だけでも外に出し、座り込んでいると。

「カフカ」

息を切らしてやってきたのは涙海だった。

「どうしたの」

私は即答が出来なかった。小さく肩をすくめ、自嘲めいた笑いのひとつもしたかったが、口元がひきつるだけだった。

涙海は廊下を見渡し、痙攣をする馬や、丸くなって反応をしないライオンを確認すると、見当たらないもの達を確かめた。

「小動物や虫達は？」

「死んだわ」

私の言葉は酷く冷たく響いた。身体の小さな動物達はすでに死んでいた。確かめるまでもなかった。

私だって、獣医師の娘だ。

死体の見分けくらいつく。

遠巻きに何人もの同期生、それから下級生が私と動物達を眺めていた。不安そうな、好奇な視線だ。嘲りも含まれていた。どうでもよかった。ただ、自分の認識の甘さが、ふがいなかった。

日々の穏やかさに、心がゆるんでいたのかもしれない。

けれど私の同期である涙海は、毅然としていた。

「すぐに買い直しなさい」

呆然とする私に、続ける。

「半年かかって訓練したんでしょう」

強く拳を握って、私を覗き込むようにして。はっきりと涙海は言った。

「まだ半年あるわ。とり戻せる」

すぐに、買い直して。訓練をし直せと、涙海は言ったのだ。

「そんな」

私の声は震えていた。シェイクスピアと父に頼み、買い直してもらった所で、また悪意の標的となるかもしれないのに？

けれど涙海は引かなかった。

「どうして？　あれは、貴方の手であり足でしょう。ないと困るんでしょう？　お金でかえがきくものなら、すぐにかえるべき。違う？」

ぞくりとした。涙海は本気なのだった。生きていたもの達の死を悼むよりも先に、入れかえろと言うのだ。壊れた腕や足をとりかえるように。

金で代替しろと。

動物のためではない。私の、演目のために。

それが、裸足であっても舞台に出るということだった。私は喉を鳴らした。確かにあの動物達は心を通わせるというほど懐いていたわけではなかった。金を払えば代替がきくだろう。そうすべきだろうと思うのに。

それでも、長くともに過ごしたもの達へ、愛情がなかったかと言われれば、嘘になるのだ。

（私が殺したようなものだ）

そう思い、口を開けないでいた、その時だった。

人だかりになっていた同期生の間から、悲鳴のような金切り声がした。

「やめて！」

驚きにそちらを見ると、黒く長い髪が見えた。チャペックだった。手首を摑まれているのは同期生のひとり。

唐突に思い出したのは、ずいぶん前に、アンデルセンに頰をはられた少女だった。

「離して下さい！」

彼女の顔面は青白く、目元だけが興奮をあらわすように赤かった。比べてチャペックはいつもと同じ顔色で、真っ直ぐに私のもとに歩いてきた。

「ねぇ」

それから、ぐい、と同期生を私に差し出す。

「あげるわ」

摑んだ腕は傍目からも肌の色の変化がわかるほどに強く摑まれていた。彼女が一度手に力を込めたら、もう生半可な力では外すことが出来ないのだ。

手首が、その形でロックされたかのようになる。

「チャペック」

私が呆然と名前を呼ぶと、チャペックは頷いて。

「見ていたの」

それだけを言った。充分だった。いよいよ顔色をなくした同期生が「違う」と何度も叫ぶが、それらはすべて逆効果だった。

チャペックが見たと言っているのだ。きっと彼女は嘘をつくまい。この同期生が、犯人なのだろう。

けれど。

「……いいんです」

私は目を伏せて言う。

「私が殺したようなものです」

ここで相手に罰を与えれば私が楽になるのか。賠償金を払わせれば気が済むのか。どれも失われたものの前では無意味だと思った。殺させるような隙をつくったのは私。私が殺したようなものだ。

そう告げれば、同期生は声をなくしたように黙った。かわりに、チャペックが言う。

「ごめんなさい」

私を黒い目で見返して。

「なにも出来なくて」

私は目を閉じて首を振る。こんな言葉を言わせることさえ間違いだと思った。

「いいんです」

なんの強がりでもなく、慰めでもなく、心の底から言っていた。

「貴方は、存在してくれるだけでいいんです」

人形なのだから。

そう呟いた時、私は自分が、笑っていたような気がするのだけれど。果たして上手く、笑うことが出来ていただろうか。

私は本当に、自分のせいだと思ったけれど。殺虫剤の強さから、一歩間違えば人間にも被害があったかもしれない事件だった。警察がきて、指紋がとられ、卒業を目前にしてまたひとり、同期生の中から名前が消えたけれど、忙しい日々の中では気に留めることもなかった。

飼育室には新しい動物が入り、私は毎日を曲芸の訓練にいそしみ、鍵をかけるようになった飼育室にはチャペックは訪れなくなった。日々舞台に立ち、人形と人間のはざまを行ったりきたり。そして私はそれを小さなモニタで眺めていればよかった。いつかともに舞台に上がる日を夢見て。

そうして冬を越えて、いよいよ、私の代では片岡涙海、そして私の襲名が濃厚となってきた頃、不穏な噂が曲芸学校をかけめぐった。

どこが発端だったのかはわからない。その噂は、「次の襲名時には強制退団者がでる」というものだった。二名の襲名者は希有(けう)な例だ。ふたりが階段をのぼることで、蹴落とされる人間がいる。

そして、まるで入学試験の日のような冬の寒い日に、私は再び、シェイクスピアに呼び出された。

用件は、私のカフカ襲名の内定。それから。

「え……？」

聞かされた瞬間、頭が真っ白になり、なにも考えられなかった。思わず聞き返した私に、シェイクスピアが再び言う。

「これはすでに決定です。今代の演目者は、ふたり。三代目カフカと八代目サン＝テグジュペリの襲名。そして、九代目チャペックが引退いたします」

「シェイクスピア、でも！」

私は思わず声を荒らげていた。シェイクスピアは団長室の深い椅子に腰かけたまま、眼鏡の奥の視線だけで私に続きの言葉を促した。私は彼女の迫力に口内の渇きを感じながら、それでも言葉をつなげた。

「……チャペックは、まだ、舞台に上がって、間もないはずです……」

彼女よりも先に、引退すべき演目者がいるのではないか。そうはっきりと言うことは出来なかったが、シェイクスピアには伝わったようだ。

はっきりと、すがる岸辺もなく、シェイクスピアは言い放つ。

「本人の了承も得ています。これは、すでに、決定事項です」

私は目の前がゆっくりと暗くなっていくのを感じた。動物達を殺された時でさえ、こんな衝撃は受けなかった。

ふと、アンデルセンの歌声が、頭をよぎる。

(永遠をちょうだい)

永遠をちょうだい。

――それは、どこにもないものを、探し続ける歌だ。

呆然としながら飼育室に戻ると、その扉の前に、マネキンのように立っている影があった。

「……チャペック」

飼育室に鍵をかけ始めてから、ほとんどくることがなかった、チャペックだった。冬の寒い廊下で、けれど寒さを感じさせない無機質さで、「入れて」とだけ私に言った。

私はポケットから銀の鍵をとりだして、飼育室に通す。

久しぶりに足を踏み入れたチャペックは、以前のように座り込むこともなく、幾つかの動物を見て回った後にぽつりと言った。

「ハニが、怒っているから」

逃げてきたの、と吐息のような囁き声で。私はどうすればいいのかわからず、目を伏せながら言った。

「アンデルセンが怒るのは当然のことだと思います」

きっと恨んでいるだろう。憎んでもいるだろう。彼女は未だに私の演目を畜生にのる下賤な芸だと言ってはばからない。

結局の所、彼女にとって芸とは己を切って売ることなのだ。私とチャペックの一番大きな違いはそこで、彼女は自分の人生を切り売りしたし、私は動物という存在を売った。だからアンデルセンは私のことが好きではないし、チャペックのことは、自分の人形のように寵愛したのだった。

「あの子は、ひとりぼっちだから」

着せ替え人形が欲しかったの、とチャペックが言う。

「だから私を可愛がってくれた」

そしてそれは、チャペック自身にとっても幸せなことだったのだろう。それから今、私が彼女を押しのけてサーカスに入ることに、一番憤っているのがアンデルセンなのだろう。姫君である彼女が、金切り声で絶望する様は、想像するだけで胸をざわつかせた。

「……あの」

私は迷いながら、戸惑いながら、それでも、シェイクスピアには決して言えなかった言葉をチャペックに言った。

「私は、家が獣医で。その道をつぐのも、将来のひとつだと思います。だから」

……私が、演目者になることを諦めれば、貴方は。

言おうとした言葉は皆まで告げられず、チャペックが首を振る。さえぎるように。そんな仕草も人間らしくて、まるで、人形から人間になったピノッキオのようだった。

「無欲な真似なんてしなくていい。貴方の心は、獣と同じ」

ライオンの檻を見ながら、チャペックが言う。

「多分、誰とでも戦うし。誰にだって勝つわ」

「そんな」

そんなことがあるだろうかと私は思う。そんなことが、本当にあるだろうか。

けれどチャペックは真っ直ぐにこちらを見て、私に言った。

「信じさせて」

哀切の滲む、はじめて見る、穏やかな微笑み以外の表情だった。

「わたしからあの場所を奪ったのよ」

その一言は、私が言葉をなくすに足るものだった。

上にのぼるということはこういうことだと知っていたはずだった。勝者が敗者を踏み付けた、その先にしかスポットライトのあたる舞台はない。

私がなにも言えないでいると、チャペックは、目をそらしたままで小さく呟いた。

「今、わたしが舞台を降りたら、大穴なの」

「え?」

聞き返す。すると、穏やかな微笑みだけが返ってくる。

「知らないのなら、知らなくてもいいこと」

そう言われてしまうと、なにも返せない。大きく拒絶されたような、とり残された気持ちになって、私は小さく呟いた。

「これから……どうするんですか」

引退をした、演目者である彼女が、一体どうなるのか。聞いてどうするのかとも思ったが、聞いておきたかった。

ただ純粋に、幸せになって欲しかった。

するとその気持ちが届いたのだろうか。チャペックが私を安心させるように笑った。

鮮やかに、笑って。

「買ってくれる人がいるの」

「ご主人様に、お金で買われることが、夢だったから」

わたしはその人の人形になるの。

そう言われて、私は深い、深い息をつく。彼女は見つけたのだ。一生を、微笑んだまま、人形のように生きていく方法を。

私が笑わずに生きていこうとしたのと同じように。

確かに、そういう意味では、私達はあまりに似ていたし。これは、アンデルセンとは、どうしてもわかりあえない一点であったことだろう。

少しだけ名残を惜しむように、チャペックが呟く。

「……ハニは、やっぱり怒るんだろうな」

「わかってくれますよ」

私はそう、慰めのように言うしかなかった。

「わかってくれます。アンデルセンも」

チャペックはやはり穏やかに笑って私に近づくと、頬を指で触れて、静かに言った。

「お願いを、してもいい？」

それは人形であること以外、なにも望まない人形の、たったひとつの願いだった。

「あの子に優しくしてあげてね」

とっても寂しがり屋だから。

万人から愛される、歌姫アンデルセンにこんなことを言える曲芸子は、他にはいないだろう。そんな意味でも、彼女は確かに歌姫の特別であったのだ。

ねぇ、とチャペックが囁く。

「人形が魔法をかけてあげる」

そうして彼女は最後に、私の頬に親愛を込めてキスをした。

「舞台の上で、笑えますように」

その魔法に、応えたいと思った。だから、少し薬のにおいのする、折れそうに細く固い身体を抱きしめ、私は言った。

私は、魔法をかけることは出来ないけれど。

「貴方が愛されますように」

願わくば。

「世界で一番、大切にされる人形となりますように」

抱きかえしてくる腕だけは、まるで本物の女の子のように、華奢で優しかった。


幕が上がる前のサーカスは、舞台の袖まで緊張が満ち足りている。辺りを駆け回るせわしない足音を聞きながら、私は舞台袖の小さなモニタで客席を見ていた。やがて隣にやってきたのはサン＝テグジュペリだった。

「あの、マツリさん」

片岡涙海ではない、その双子の妹、愛涙だった。いつか涙海が「失ったものは買い戻せばいい」と言ったように、不足となった自身を埋めあわせた、酷く純粋で優しい影武者の、双子の妹。

同じ顔をして、限りなく似た演技をするのに、その心根はあまりに違う。けれど、涙海が認めた才の通り、彼女は今、なにも臆せずなににもひるまず、輝くような曲芸を舞台で披露している。

——涙海は、本当にこれでよかったのだろうか。

私にはわからない。結局今も、私には涙海ほどの、歌姫ほどの、人形ほどの覚悟もないから。

涙海のためにサーカスに飛び込んできた彼女は、舞台化粧を施した私に、おずおずと尋ねた。

「今日の、エクストラシートに座っているのって」

小さなモニタを指でさし、サン＝テグジュペリが言う。

「チャペックじゃないですか？」

パントマイムの……と囁く彼女はどうやら、根っからの少女サーカスファンのようだった。私はモニタから目を外さずに、ぽつりと言う。

「いいや」

隣には、金髪の白人男性が座っている。人形のように座る彼女はけれど、ずいぶん雰囲気がかわっていた。服の趣味も化粧も、顔の形も彼の好みにかえてしまったらしい。だから。

「彼女はもう、チャペックじゃない」

そう呟いて、私は舞台に出て行く。今日の演目は、猛獣使いが一番はじめだ。オープニングを終えたアンデルセンと袖ですれ違いざま、酷く睨まれた。

きっと彼女はまだ私を許していまい。けれど、彼女のプライドは、私に噛みつくことも出来ないのだろう。

……今宵彼女は、私の名前で、エクストラシートを買ったのだから。

熱帯雨林に降る雨のような、鼓膜を撫でる音楽が耳に届く。

それがはじまりの合図である。

私は相棒とともにスポットライトの下に躍りでる。喝采と拍手。それらを相棒達に捧げるために。

牙を折った大蛇を首に巻き、前方の席へ。

あれほど生きていくのに拒絶し続けた微笑みを、今はなんの躊躇いもなく浮かべることが出来た。この微笑みだけは、私がチャペックから受け継いだものであり、彼女のいた軌跡であり、この舞台に残る証拠であり、彼女の……永遠の名残だ。

スポットライトを浴びる限り。私は笑うだけの意味も理由も得たのだ。

彼女がくれた微笑みを、彼女に返しながら、私は蛇の絡んだ腕を伸ばす。

すると、美しく微笑んだ人形が、ゆっくりと、腕を上げる。

指先が触れる。

人形になりたかった女の子から。

人間ではいたくなかった女の子に。

それは、さよならの形をしたバトンだった。

❦ 幕外 ❦　カジノ・サーカスレビュー　少女サーカスの絶頂期

今、少女サーカスが絶頂期を迎えている。

湾岸カジノにある、ホテルシアターで毎日毎夜行われる少女だけのサーカスはもはや、カジノ特区のみならず、日本でも有数のエンターテインメントになるまでに成長した。伝説とされる初代から、脈々と受け継がれるその芸と精神は、いつでも観客を虜にするが、ここで断言をしたい。今代の少女達の絶頂期は、「今」であると。

シンボルである歌姫、初代から数えれば五代目のアンデルセンは、すでにその在籍を最長にまで延ばした。年を追うごとに、その神聖なまでの「少女性」には磨きがかかっている。彼女がうたう『サーカスへようこそ』は、一瞬のうちに私達を夢の世界へ連れて行く。

サーカスといえば、皆が思い浮かべるのはブランコ乗りであろうが、今回とりあげるのは代替わりを迎えたばかりのサン＝テグジュペリでなく同時の襲名を果たした猛獣使いのカフカである。

カフカは今代が三代目を数える。代替わりを繰り返す中でも、一番少ない経験者の人数は、長期の在籍者がいたせいではない。

二代目カフカを不幸な事故で亡くしてから、長らく猛獣使いは不在が続いていた。身ひとつで芸をこなす他の演目者と違って、猛獣使いは相方となる動物達が必要となる。その演目を復活させたのが、今代の曲芸子である庄戸茉鈴だった。

映像などの記録はほとんど残されていないが、初代の猛獣使いは、猛獣とともに中国の雑技団からわたってきたとされる。そういう意味では、この国においていちから芸をつくり上げた、彼女は初代といえるのかもしれない。

三代目カフカは大型動物から小型の虫まで、自由自在に操る。

その危険さを楽しむのが動物芸の醍醐味であるが、カフカの芸には、安息と官能がある。彼女自身が飼育もまかされているという動物達は、彼女の手足のように動き、恋人のように戯れる。

私達はカフカの表情ではなく、肉体全体から立ちのぼる色香に酔うことだろう。

動物芸であると目をそらさずに、一度、三代目カフカのステージを見て欲しい。

そして、サーカスの絶頂という意味を確かめて欲しい。

余談であるが、筆者が観劇した回は、エクストラシートがカフカ名義で購入されていた。

そこに座っていた少女に、見覚えがあるような気がしたが、確かめるすべはない。

今はパントマイムのチャペックは不在であるが、筆者が一番通い続けた時代を、思い出して涙した。

2019.4.31

第四幕

歌姫アンデルセン

Act 4

スポットライト、は、天の、ひかり。

手を叩く、音、は、はじける水泡。

ここは海の底。

(君の足首にはエラがある)

そんなことを言ったのは、両足の開き方、を教えてくれた人。降り積もる『はじめて』の中でも、一番底に沈んだ言葉。

あたしの足のくるぶし、それが少し平たく、血管が浮かんでいるので。

(魚だった時の名残だろう)

ぼくの人魚姫、と彼は言った。あたしはくすくすと笑いながら、シーツの上で、枕を抱いて、尋ねた。

それは、泡になる方？　それとも、船人を歌で狂わす方？

もちろんそれは——。

薄い幕が上がり、オーケストラの音楽が一段大きくなる。今日も満席の観客。劇場のホールは丸く、あたしを包み込む。微笑みながら、息を吸う。これは呼吸ではない。

あたし、の、喉、肺、そして腹部も背も。

歌、を、うたうための器官でしかないから。

だとしたら、くるぶしにエラがあるというのは正しいのかもしれない。

ピンヒールを履いた足首で呼吸をしながら。

あたしは身体を震わせ、うたいだす。

人魚姫。

ローレライ。

ここは海の底。

ひかり、と、やみ、の、甘い甘いサーカス。


君は寝言でもうたうんだね、という声が耳に届いた。

あたしはまだまどろみの中にいて、ふわふわする視界で、なじみのホテルの天井を眺めていた。

とても満ち足りた気分だった。

マチネとソワレを終えて、シートを買ってくれた客と食事に行って、別れて、待ちあわせをしたホテルの部屋でシャワーを浴びて、化粧を落として、身体をほぐして、溶かして、流して、あそんで、眠った。そんな、すべての欲求が満たされた上で。

「うたってた？」

とあたしは尋ね返した。自覚はなかった。シニアプロデューサーは間接照明の幾つかしか点かない部屋の中で、ひとりがけのソファに座り、いつものようにタブレットをいじりながら「うん」と頷いた。ノンフレームの眼鏡がタブレットの青い光を反射した。

「僕の聞いたことのない曲だったけれど」

言葉はそこで途切れた。あたしがなにをうたっていたかには興味がないようだった。机の上には真鍮で出来た灰皿が置いてあって、けれどそれは綺麗に磨かれたまま汚れてはいなかった。ふと、この人の、煙草を吸わない所はとても好きだ、と思った。

薄い身体も。低い声も。神経質そうな細い指も。

愛情があたしの意識をむくむくと目覚めさせ、少し重さの残る身体を持ち上げる。服はシャワールーム隣のクローゼットに投げ入れたままだったから、ベッドシーツを肩からかぶった。

「寒い？」

とシニアプロデューサーがあたしに尋ねた。ううん、とあたしはこたえる。寒くはなかった。部屋の空調の音は静かだったし、空気は少しこもっていた。

あたしが眠っていたからだろう。ホテルの乾いた空気に喉をやられたりしないように。その気遣いは恋人へのそれよりも、プロデューサーから曲芸子への配慮のように思えた。どちらにせよ、優しくされていること、に、変わりはないのだけれど。

「ああそうだ、ハニ」

シニアプロデューサーがソファから立ち上がり、今度はベッドの方に腰をかけた。シャワーを浴びたばかりなのだろう。あたしの頭に伸びてくる手からは、カルキの強い水のにおいがした。

ハニ、は、あたし、の名前だ。

花庭つぼみ。あたしを愛する人は、ハニとか、ハニーと呼ぶ。

大人が子供にするように、あたしの頭を撫でながら、シニアプロデューサーが言う。

「サン＝テグジュペリのことなんだけど」

その言葉に、あたしは目を細めた。こたえずに、続きを待った。

「最近彼女、おかしくないか？」

おかしいってなにかしら、とあたしは思った。サン＝テグジュペリとはあたしが歌姫をつとめる少女サーカスの、今の目玉。ブランコ乗りを襲名したばかりの曲芸子の呼び名だった。

今日も宙を舞った彼女がおかしいのか、おかしくないのか、といえば。

それはもちろんすこぅしおかしいのだけれど。

「ダメ？」

とあたしは、首を傾げて聞いていた。サン＝テグジュペリがおかしいこと、は、いけないことかしら？

「ダメじゃあない」

とシニアプロデューサーがこたえた。そう、ダメだなんてことはあるわけがない。彼女の曲芸は美しい。

「じゃあいいでしょう」

とあたしは言った。

美しければ、いいでしょう。それがまるで別人のようであれ、ぬぐいきれない違和感があれ。

たとえば彼女が幽霊であっても、ゾンビであっても、……まったく違う誰かであっても、曲芸が美しいのであればどうでもいいことよ。

あたしのその気持ちが果たして伝わったのか、シニアプロデューサーはもごもごと口元を動かした。不平不満を押し隠すようなその口元の動きが、あたしは好きではなかった。彼が、自分の限界に言い訳をする時と同じ動きだ。そう思ったら、胸の奥が冷えていくのを感じた。

シニアプロデューサーは立ち上がってデスクに行くと、ドリップ機のボタンを押してコーヒーをいれ始めた。

ボコボコと、深海魚の呼吸のような音がする。その不作法さをかきけすように、シニアプロデューサーの声がかぶさる。

「そういえば、最近よくない噂を聞いたよ」

噂はいつもよくないものよ。

とは、思ったけれど言わなかった。

よくない噂はいつでもあたし達の肌にまとわりついている。眠る時の高級なシーツのように。だから、欠伸をしながら続きを待ったら。

シニアプロデューサーは少しだけ意外なことを言った。

「君が、あのシェイクスピアと喧嘩をしたって」

その言葉に、あたしはシーツを身体からすべり落とすと、シャワーを浴びて湯船につかるため立ち上がる。

冷房のない部屋の空気は一糸まとわぬ肌になじむけれど、ヒールのない裸足の足は、少しだけ心許ない。

ハニ、ともう一度あたしを呼ぶ声がするので。あたしは少しだけ振り返り。

「噂はいつもよくないものよ」

今度こそ、それだけを告げた。

シニアプロデューサーは、迷子になった子供のような顔をしていた。

彼の、傷つきやすくてもろいところは、とても好きで、とても嫌いだった。


少女サーカスの花形である、ブランコ乗りのサン＝テグジュペリが練習中に怪我を負ったのはもう二ヶ月前のこと。サーカスに並々ならぬ執着のあった彼女は、自分の名前を守るために、双子の妹を替え玉にした。その嘘偽りに気づいているのは、同じく演目者であるあたしや猛獣使いのカフカ、だけ。

なんて。

（そんなはずがない）

とぷん、とバスタブにたまり始めた湯に顎までつかりながら思うのだ。水中に沈むことで、ほんの少しだけ重力から解放されるあたしという質量。シャワーから流れる水音がノイズのように鼓膜を触る。

サン＝テグジュペリである片岡涙海の替え玉の少女は、容姿も芸も申し分ない。けれど、それでも他者が別の一個人になりかわることなど容易ではない。舞台の上、だけ、ならともかく。つきあいの短いシニアプロデューサーだって、違和感を抱いているのだから。

（あの人が気づいていないわけがない）

思い浮かべたのは、やわらかな笑み。あたし達のサーカスの団長、シェイクスピア。

生きている、少女サーカス、の、神様。

『知っていらっしゃるんでしょう』

と、このバスルームみたいに明るい団長室で、あたしは彼女に尋ねたのだった。それは数日前のことだった。

ブランコ乗りのサン＝テグジュペリが何者かに拉致されかけた。そのことについて、あたしはシェイクスピアに進言をしたのだった。その時に、あたしはまず確認をした。

今、の、サン＝テグジュペリが一体、誰、なのか。

知っているのでしょう、と。

問われたシェイクスピアはいつものように穏やかに笑って。

『なんのことかしら』

と言った。あたしはため息だけをついてそれ以上の会話を諦めた。糾弾をしない、ということは、彼女の眼鏡にかなった、ということだ。ガラス玉もダイヤに変わる。彼女が磨けば。それがこのサーカスの不文律。

人の生き様はいつでも不平等に出来ている。だから、替え玉である片岡某が曲芸学校をでていなくても、シェイクスピアがいいと言ったならばそれはもう仕方ない、と思った。だから、あたしはもうそのことについては触れなかった。かわりに、別の話を切り出した。

『……サン＝テグジュペリは嵌められたのだと思います』

監視カメラにはうつっていたはずだった。

妖精と呼ばれる客引きの曲芸子が、サン＝テグジュペリの化粧台から、彼女の端末を盗んだこと。

そしてその携帯端末を餌にでもするように。

サン＝テグジュペリを拉致し、サーカスから排斥しようとしたこと。

けれどシェイクスピアは睫毛を伏せて、静かな声で言った。

『盗難は犯罪ですね』

しかるべき処置をとります、とシェイクスピアは言った。

『盗難？』

思わずあたしは問い返していた。人ひとり誘拐することは、いかにこの都市が牧歌的な場所ではないとしても、尋常だとは思えなかった。彼女が受けたのは暴行であり、強姦未遂であったかもしれないし、殺人未遂であったのかもしれない。

そうでなくても、この少女サーカスへの冒瀆ではなかったのか。あたしはじっとシェイクスピアを睨み付け、やわらかく笑うその目の奥の真意をはかろうとした。

『……見逃すおつもりですか？』

尋ねる声はかすれていた。まるで自分の声ではないようだった。『もちろん』とシェイクスピアは言った。

『今後このようなことがないよう、調査と処分を行います』

貴方の口からも、注意喚起をしてちょうだい。

それは、つまり。

気をつけろ、と彼女は言ったのだ。

（あたし達、が？）

思わず聞き返そうとしてしまった。

『悪いのは、注意不足なあたし達だとおっしゃいますか？』

サン＝テグジュペリは気をつけていたはずだった。

彼女は曲芸学校にいた時代から、カフカと並んで人の妬みとそねみを一身に浴びていたはずだ。かつて自分もそうだったから、わかる。そしてそれは八代目のサン＝テグジュペリとなっても続き、むしろ加速し、ついにはありえない事故を起こした。

それは、注意力が足りなかったせいだと、シェイクスピアは言うのだろうか。

『いいえ』

今度ははっきりとシェイクスピアは首を振った。

『貴方達は日々の芸に励んでいる。そのことに、疑いの余地はありません』

より一層、素晴らしい舞台となるよう、精進するように、とシェイクスピアは言った。

酷く釈然としない気持ちが残った。その一方で、この人に期待をしすぎていたのかもしれないという思いにもなった。先の代替わり、冬の終わりからおぼろげに感じていた、けれど見ないようにしてきた、失望という感情。

彼女はこの少女サーカスの断罪と統率の神であって。

決して、あたし達の救いの神ではないのだと。

『……わかりました。精々、気をつけさせていただきます』

言葉に嫌味と棘がひそんだのはもう隠しようのない、こと。団長室をでようとしたあたしに、シェイクスピアの声がかかる。

『アンデルセン』

やわらかく、優しく、たおやかな。

断罪、の、神の声。

『――貴方も、夜遊びのしすぎには気をつけて』

あたしはふっと笑って、もちろん、もちろん、と微笑み、膝を折る。

もちろん、ごきげんよう。

そして団長室をあとにし、真っ直ぐに歩きながら、あたしは思うのだ。

あたしの、夜遊びが過ぎたとして。

ねぇ、シェイクスピア。貴方に、あたしの首が、切れて?

あたしのお人形(チャペック)を、そうしたように。

あなたは高みで見物をする。そして時に断頭の斧をふるう。それだけが役割だというのならば、永遠にあたし達の審判者であり続ければいい。

あたしは、このサーカスに仇なすものを、決して許しはしない。

シェイクスピアには頼らない。すべての犯人を、この手でつきとめてみせる。


ざぁ、と波のような音がした。気がつけば、シャワーから落ちてくる湯が浴槽から溢れ、洗い場に流れていった。眠っていたわけでもないだろうに、私は湯に髪を流して、浴室の天井を見ていた。喉を震わせていたから、なにか、を、うたっていたのかもしれない。

浴槽の縁に手をかけて起き上がると、身体が重かった。特に髪が、水を吸っていた。人間の重力だった。バスルームからでると、念入りに髪を乾かし、部屋に戻った。

そこは薄暗い間接照明のままで、ベッドの上に、バスローブを着たままのシニアプロデューサーが倒れていた。

「プロデューサー？」

眠っている、と形容するには、微動だにしなかった。尋ねてもこたえは返らない。キングサイズのベッドを独り占めするように倒れ込んだまま。

ベッドサイドのテーブルには、飲みかけのコーヒーが冷たくなって。

その隣には、幾つもの、錠剤の殻。プリントされている文字はアルファベットだが英語ではないだろう。鈍い銀色は、もういない、大切な子を思い出すようだった。

「………………」

あたしはその錠剤を鞄に入れるとため息をついて、シニアプロデューサーの首元に指を押し当てた。微弱だけれど、そこに躍動を見つけて、ほっとしたのか、それとも哀れに思ったのかはわからなかった。

最新のスマートフォンをとりだすと、馴れた短縮ダイヤル。

「……もしもし、先生？」

うん。そうなの。夜遅くにごめんね。……うん。うん。また……。多分そうだと思う。お願い出来る？　大丈夫。車、は、いらないと思う。わからないけれど。

なじみの院長先生に電話をして、緊急医をひとり、ホテルに回してもらう約束をとりつけた。薬の飲み過ぎで彼が倒れることは、あたしにとっては珍しくもないことだった。

お医者さまを待ちながら、ベッドにのり上げ、やわらかな彼の髪を撫でる。

この少女サーカスの公演のあとに控えた、新作映画の脚本が行き詰まっていることは知っていた。

彼は幸せな人なのだろう。余命を削り、未来を捨てて、つくりたいものがあるなんて。そして酷く、可哀想な人だ。

枯渇する、才能。その乾きを、痛みや薬でしか癒やすことが出来ないなんて。

シーツに沈む頭、その耳の後ろを見ながら、小さな声でうたいだしたのは、なにを意識したわけでもなかった。

(Baby, Baby……)

私の赤ちゃん、と繰り返す、それは、死んだ母親が残った子供にうたう子守歌だ。出会った時、彼は才気に溢れ、あたしは彼を女として愛した。けれど今、まるで母親のような気持ちで思うのだ。

お医者さまがくる前に、彼が目をさまさなかったら。

この人とは別れよう。

目を閉じる。

春、の、ように、短い恋だった。

黒い歌姫。

サーカスのマダム・バタフライ。

毒婦アンデルセン。

それらすべてが、あたしを形容した週刊誌の三文記事の見出しだった。あれもこれも、憶測のエンターテイメントで、事実（ニュース）として大々的に報道されたことはない。これからもないだろう、と思うのは、マスコミ界にもカジノと少女サーカスの信者（ジャンキー）がたくさんいるから。そして、少女サーカスの舞台をおりた曲芸子の多くが、大手芸能プロダクションへと所属するから。あたしを娼婦とさわぎたてることは一瞬だけれど。

今、の、話題、と、未来への、投資。

パワーゲームのからくりは複雑でいて単純だ。

ここは快楽の街。愛したものと愛されたものが、勝利する方程式。

劇場の控え室で、舞台に上がる用意をしながら、あたしは思う。開演を控えた空間には特殊な緊張感があって、それは中の人間がどんな風に入れかわってもかわりがない。

誰もが皆、一番美しく自分をつくり、芸のために心と身体を覚悟で覆う。

サーカスの花形といわれるのはサン＝テグジュペリだけれど、一番志望者が多いのは歌姫アンデルセンだという。踊らなくても、跳ばなくても、いい。うたえば、それで。だからこそ代替わりもまた激しくなるのは想像に難くない。大抵は一年でかわってしまうこの座に、あたしはもう五年も居座り続けている。

その間、あたしの、歌は、不変で。

かわるがわる与えられる新しい曲が、ドレスのようにあたしを彩っていった。

あたしはシーツとベッドの中でたくさんの人に抱かれながら、あたしのための、あたしに似合いの歌をねだった。

ここまで多くの持ち歌を持ったアンデルセンは、少女サーカスの歴史の中でも他にない。別に特別な執着をしたつもりはない。ただ、歌が欲しかった。新しい歌が。あたしのための歌が。

欲しいものを欲しいといって、手に入れた。ただそれだけのことだ。

(歌をちょうだい)

あたしにぴったりの、一番いい歌を。

お願いよ。あたしを、うたわせて。

三文記事はたとえばそれについて、身体を売ったのだと言ったり、枕を使った営業だと書いたりしてはやしたてる。けれど、それが根本から間違っている、こと、は、あたしがちゃんと知っていればよい。

それから、あたしを愛してくれる人が。

ちゃんと知っていてくれたらいい。

(恋を、しただけ)

好きになった、だけ、ということは。

わかってもらわなくて、構わないのだから。

平日の昼間興行がはじまる前、エクステの角度を整えていたら「アンデルセン」と声をかけられた。顔を出したのは劇場の女性マネージャーだ。皺のないスーツに身を包んで、真っ直ぐあたしの方に歩いてくる。

「今夜は前島プロデューサーがお休みだって聞いてる？」

はい、とあたしはこたえた。

彼がどんな風に昨夜眠りにつき、どこへと搬送されたのかは。

知っています。多分、貴方よりは。

とは、思ったけれど言わなくてもいいことだった。

「そう。これ、今日のエクストラの名簿だから」

彼女が渡してきたのは一枚の紙切れだった。「わざわざ、ありがとうございます」とあたしは礼を言う。本当にわざわざだった。シニアプロデューサーがいたら、壁に貼りつけて終わりにしてしまうような情報だ。

エクストラシート。別名、パトロンシート。通常のシートの倍額以上を出し、直接、好きな曲芸子の名前で買える、特別な座席。

今夜も、あたしの名義でチケットを買った人間がいたらしい。

壁に貼られたこの紙を一瞥して、舞台に出て行くのはあたしの習慣だった。柚子と蜂蜜のアイスティー、そのストローに唇をあてて、紙を見る。

（——王小義）

中国系の名前だった。読み方もわからない。指先で紙をはじいて、あたしはその名前を、砂浜に指で書くように、おぼろげに覚えた。一度愛してくれた人の顔は忘れないけれど、名前を覚えるのはとても苦手だった。

あたしにとって、男の人の名前は、肩書きほどの意味も持たないからだ。おにいさま。おじさま。社長。先生。プロデューサー。その程度のバリエーションで、大体のことは片付いてしまうし、彼らもあたしのことを多様に呼ぶわけではない。

ハニ、ハニーと。そう恋人から呼ばれることが、あたしはなによりも好きだから。

最後に髪をまとめ上げ、ラメをまぶして。あたしはヒールを鳴らして、舞台に立つため歩いていく。

遠くから聞こえてくるオーケストラの前奏にあわせて、心音をリズムに寄り添わせ、声をなじませる。

音楽、に、身をまかせて。今日もうたえるのだと思ったら、すべてのことがどうでもよくなってしまった。

ほんの一時の安らぎだとわかっているけれど。

うたっている時、だけ、が、息をしているみたいな。別に、うたわないと死ぬとか、うたっている時だけが生きているとか、そんなことは思わないのだけど。

たとえば、セックスより気持ちのいいこと、は、あたし、歌しか知らない。

幕が上がる。

拍手が一際大きくなり、スポットライトがあたしを照らす。ふと、あたしは最前列の席を見て心の中だけで首を傾げた。

観客席の最前列、中央、ひとつの席だけがぽっかりとあいていた。周囲の数席は埋まっている。覚えているのは、あの場所が、今日のあたしのパトロンシートだったということ。あたしの名義で買った中国系の客は、一体どうしてしまったのだろう。エクストラシートを買うのはほとんどが多忙な著名人や資産家だということを知っているから、別の予定が入って、激戦であるこのチケットを見送る、ということもあるというのはわかっているつもりだ。それは、とても、哀しいけれど。それだけのことを出来る人が自分に目をかけてくれるのは、喜ぶべきなのだろう。

前奏はまだ続いていた。と、観客席の後ろの扉が開き、灯りを持った妖精が、人影を連れて歩いてきた。

遅刻とはずいぶんなお大尽ね、と少し睨み付けてやろうとしたけれど、そちらを見て一瞬、耳に届く音が消えた。

連れてくる妖精も不安そうな顔をしている。

エクストラの客は、一見なんの変哲もない、成人男性だった。背が高く、髪は短い。かわりに片耳に光るピアスを幾つかつけている。典型的な東洋人で、締まった身体をしている。

締まった身体？

……なぜか、その客は、上半身に服を着ていなかった。腕に、濡れたシャツらしきものを持ってはいるので、脱いだのだろうと憶測は出来るが、それでも、なぜ？

右肩から腕、背中に美麗な幾何学の彫り物をしている。どうでもいい、ことだけれど。

あたしは思わず歌の入りを間違えそうになってしまったけれど、一番長くうたい継いできた歌だったから、反射のように声がでていた。

サーカスへようこそ。

くるものは拒まないけれど、許可なく去るものは許さない。ここは快楽の都のサーカス。

あの人の名前は一体なんといったかしら。

おぼろげに思い出した苗字に、心の中で、笑う。

まるで裸の王様みたいね。

そしてその客に向けて、あたしは歌を、うたい始めた。


あたし達が毎夜サーカスを行う劇場は、これでも無法地帯ではなく、洗練された場所であるはずなので、あの客があの恰好で最前列に座れたというだけで、充分な身元の確認はとれている証拠だろうと推察出来た。

「あの人は誰？」

と楽屋に戻ったあたしはマネージャーに尋ねた。劇場の人間が慌てて走ったおかげで、彼はすでに、少しだけサイズのあわない新しいワイシャツを身につけている。そこまでしてシートに座らせておくのだから、相応な人物のはずだった。少なくとも、服を着ていないぐらいで、劇場をつまみ出されない、という程度には。なかなかいないだろう。

「彼は……」

と劇場マネージャーは言いよどんだ。かの人の様子を見たあとでは半信半疑という様子だったが、訥々とした彼女の説明によると、最近端末機器で急成長している中華系企業の最高経営責任者（CEO）らしい。

あたしはその情報をうまく咀嚼出来ず、眉を寄せた。

「つまり、とても偉い人？」

マネージャーのこたえはイエスだった。重ねて言ったのは、「それから、信じられないくらい頭のいい人よ」ということ。

なるほど、とあたしは思う。とても頭のいいということはその分だけおかしい、ということなのだろう。大丈夫、おかしい人は嫌いではないわ。

そう言って笑ったら、マネージャーはより言いにくそうに、赤い紅を引いた唇を開いた。

「……アンデルセン、これが終わってから時間はある？」

平日の夜だった。「なぜ？」とあたしは問い返した。マネージャーはまだ、奥歯にものが挟まったような顔のまま。

「……王（ワン）社長と、食事なんか、どうかしらって」

あたしは瞬きをした。あたしはこれまで、この手の申し出を、断ったことはなかった。常であれば、喜んで行ったかもしれない。けれど。

「……素敵なお誘いだけれど、ごめんなさい」

今夜は先客があるのよ、とあたしは断った。マネージャーはどこか落胆するような、それでもどこかほっとしたような顔で、「なら仕方がないわね」と言った。彼女もあたしの悪い噂を知っているからに違いなかった。

有力者なら誰とでも寝るような娼婦。

それは根本から間違っているけれども、正しいことなんてあたしだけが知っていればいい。食事をするのも構わないし、敬愛のキスぐらいなら何度だってしてあげよう。愛してしまえば、ベッドにだって飛び込むだろう。

でも、今日は、ダメ。

あたしは今夜、大切な大切な先約があるから。

だからあの、裸の王様には、とびきりの歌だけをプレゼントしてあげよう、とあたしは決めた。

あたしはあたしを愛してくれる人に、分け隔てなく優しくありたいから。

歌、が、楽器だとするのならば。

聴衆の鼓膜、が、あたしの歌、を、増幅させる。

だから、劇場のオープニングナンバーとベッドの子守歌には大きな隔たりがなければならない。

そして狭いこの店でうたわれる歌は、また違うものだとあたしは思う。

古い洋楽のナンバーを歌声でなぞっていく。演奏はレコード。その無機質さが愉快なので、あたしはこの、小さなアルバイトを嫌いにはならないだろうと思った。ほんの一時の目的のための、娼婦の真似事だとしても。

酒と煙草のにおい。薄暗い、会員制の小さなクラブで、あたしは歌をうたっていた。夜の色をしたナイトドレスは、舞台に立つ時は決して身につけないもので、化粧もまたそれにあわせて淡く、けれど妖艶に仕上げてある。それでも、どれほどうたう曲をかえても服をかえても化粧をかえても、あたしの、歌、にはかわりがないから、クラブの客はあたしの正体を間違えるわけがない。

その上で、共有する秘密の形がこの店の格を高め、客に満足を与える。客もホステスも皆寡黙で、吐息のような会話が行き交っている。

チリン、と古風なドアベルが鳴って、外側からは決して開かないドアが開く。店内に入ってきたのは大柄な男性で、あたしはそっとレコードの針を上げて、ボーイに目配せをする。

次に店内に鳴り出した音楽に、店の客全員が顔を上げた。

軽快なオーケストラは、今日すでに一度うたってきたオケを奏で始める。舞台よりも数段声を落として、囁くように、歌い出す、それは。

——サーカスへ、ようこそ。

こちらをちらりと見た、大柄な客が店員に何事か耳打ちをした。あたしが歌を終えると、店内が感嘆のため息と控えめな拍手で満ちた。

おもちゃのような小さな舞台からするりとおりると、それぞれのテーブルに丁寧に愛嬌を振りまき、握手を交わしては差しだされるチップを笑顔で受けとった。

銀をかためた専用のチップは、本来であれば客が高級ホステスに渡すもので、安いものでも三万から。お金を動かすことが好きな人間達が、泥酔することなくホステスを外へ連れ出すための通貨だった。

もちろん、あたしは一緒に外にでることはないけれど。

あたしのうたった一曲は、このチップだけの価値があると、あたしが認めて相手も認めたのだから、なんの問題もない。

「こんばんは」

そしてあたしは他のテーブルを回り終え、小さなバッグをチップでいっぱいにして、その大柄な男のテーブルについた。

男は小刻みに震わせた膝を止めて、あたしを睨むように見ると。

「驚いたな」

本物か、と言った。

唇の厚い、ひきつったような痣のある顔の男は、あたしを追い払うようにチップを差し出そうとした。そのチップは受けとらず、「……っん」乾いた咳を何度か。男は手を止めてボーイを呼ぶと、軽いカクテルを一杯頼み、ソファの隣を勧めた。作法のわかっていない男ではない、と思った。たとえ、歌の間に貧乏揺すりをするような神経質さを持っているとしても。

「ごめんなさい」

あたしは心にもない謝罪をして、そこに浅く腰をおろす。久しく舞台では感じていなかった緊張と高揚があった。彼が今夜ここに現れることは、入念に調べ尽くしてわかっていたことだ。

織多雄士。彼は有名な製薬会社の会長のひとり息子で、合法から非合法まで、カジノに心底かぶれているジャンキーだ、とは、あたしの懇意にしている大手出版社のライターが教えてくれたことだ。

そして、つい最近少女サーカスを追われた妖精に、金を渡していた男だった。

報復に怯えていた彼女をあたしは自らのコネクションを駆使してこの街から逃がした。引き替えに手に入れたのは、この男の名前と、現れるこの店の名前。

「サーカスの歌姫が、行商とは」

軽くなじるような口調で彼が言ったので、「シェイクスピアには内緒にしておいて」とあたしは耳元に囁く。

あたしのだした単語になにか言うだろうか、と顔色を窺うが、脂肪の重さで半分閉じた目はなんの反応も返さなかった。ただ、太い指がにおいの強い煙草をつぶす。

一杯のカクテルを持ち上げて乾杯をしたけれど、彼はあたしのことを歓迎してはいないようだった。不機嫌な様子で、しきりにテーブルに備えられた端末のギャンブル広告を睨んでいる。

あたしはカクテルで唇をぬらし、きゅっと膝の上でこぶしをかためて言った。

「……あの、おじさま」

あたしの呼びかけに、オリタは振り返る。その腕にそっと触れて、上目遣いにとびきり甘い声を出して、あたしは言う。

「お願いがあるんです」

ぱちん、と自分の鞄を薄く開いて。

「チップを一枚でいいんです。いただけませんか？　もちろん、なにか曲のリクエストがあったら、あたしがわかる曲なら、うたわせていただきます」

少しだけ思い詰めた様子で、言えば、相手は太い眉を上げて。

「金がないのか」

と言った。あたしは唇を尖らせて。

「……ない、わけじゃないんだけど」

言いにくそうに視線を彷徨わせる。それから、ちらりと相手の手元のチップを見て。

「……用立てて欲しいって言われてしまって……。近いうちに……。少し、まとまった額が必要で……」

「恋人かね」

と声をひそめて男は聞いてきた。あたしは唇に指をあてて、しぃ、と言った。

「曲芸子に恋は御法度ですから」

だから、なんだ、とは言わなかった。それでもあたしの「よくない噂」ぐらいは知っているだろう。

そして『おじさま』がボーイに言って持ってこさせたのはシルバーでもゴールドでもない、プラチナのチップだった。軽く一枚が二十万はするそれが、あたしのバッグにあめ玉みたいに落とされた。

あたしは小さく喉を鳴らして、相手の顔色を窺うふりをする。

この振る舞いに対して、一体なにをうたえば足りるのかというように。けれどオリタは新しい煙草に火をつけながら、早口で言った。

「これで足りるのかね」

あたしは胸元に片方の拳を押し当て、震える声で囁いた。

「……足りないって、言ったら、もっと、くれるの？」

あたし、が、知っていること、は多くない。

道を外れた妖精と、この男を結んだのが、金であったことぐらいしか。オリタの視線が、値踏みをするようにあたしの口元から胸元をなぞった。

「どのくらい欲しい」

低い声で尋ねる。あたしは一瞬迷い、視線を外して慎重にこたえた。

「……そんなこと言ったら、軽蔑されるわ」

小さく震える子兎のように。怯えの中に媚びを含めてそう言ったなら、「そうか」とこたえる彼の声。その声が一段低くなったのを、あたしは感じた。それは女としての嗅覚が敏感に働く、露骨な『秘密のにおい』だった。ぐい、と顔を近づけて、蒸留酒とオーデコロンのにおいと、それから少しだけ薬品のにおいをさせて、彼は言った。

「もっとまとまった金が欲しいなら、方法がある」

あたしはびくりと身体を震わせながら、すがるように、脂肪の厚い瞼の隙間から覗く瞳を見て。

「どうしたらいいの？」

と震える声で言った。

「金のためならなんでも出来るか？」

あたしは心の中で、なにかがうずくのを感じた。脂肪まみれの瞼の中に光った、色。その、くすぶる暗い炎を。

多分、美しいと感じたのだと思う。

狂った人に、あたしは弱い。それは時に才能であったり、才能と見まごうほどの欲望であったりする。それを愛するあたし、は、他の皆よりも、狂ってはいないと思うのだけれど。

アルコールが回っているのだろう。相手の首回りがゆっくりと赤く染まっていく。あたしは喉を鳴らして、その首筋に噛みつくことを夢想する。脂肪の冷たさ、血液の躍動。ニコチンとタールのにおいが染みた、汗の味。

「……あたしに、出来る、ことなら」

自分の声が、まるで情事のそれのように熱を帯びた吐息と化しているのを感じていた。けれど彼の目に血走っているのは、多分、きっと、色欲ではない。

「身体を開くよりも覚悟のいることかもしれんぞ」

そしてチップの詰まったあたしの鞄にねじこまれたのは、一枚の名刺だった。

「本当に金が欲しいなら、俺に連絡を寄越せ」

それだけを言い残し、大きな身体を横に揺らしながら、オリタが去っていく。あたしは鞄の中の名刺をちらりと見て、大きく息を吐いた。

ブラックジャックシアターは平日の夜だというのに満席だった。あたしは未成年ではないし、サーカス団の団員章をだせば、どれほど新顔のボーイでも丁重に扱ってくれる。

サーカスの曲芸子、その中でも文学者の名前を背負う演目者は、この街のシンボルでありスターであり、お姫様だからだ。

目的はひとりのブラックジャックディーラーだった。今日も彼は、涼しい顔をしてトランプをシャッフルしていた。

乱れのない服装に、男性らしからぬ黒く長い髪。端整な顔、その目元を隠す、サングラス。

「こんばんは」

あたしはまだ夜の装いだったから、正体に気づいた人、気づかなかった人は半々だったことだろう。当人であるディーラーのアンソニーは、あたしに気づいて目線をやった。それさえ、黒いサングラスの奥からではわからないことだったけれど。

「おおおやぁ?」

ふと、ピットと呼ばれるブラックジャック用のテーブルについた客が顔を上げてそう言った。あたしに気づいたからだろう。そちらを向いて、騒ぎにならないよう、微笑みかけようとした、けれど。

「歌姫じゃないの」

と、言った男は、知っている人間だった。見間違えもしない。

今日のソワレであたしのエクストラシートを買った、……裸の、王様。

少しサイズのあわないシャツのボタンを下で二つしかとめていない、だらしのない装いだが、それがなぜかおしゃれに見えた。

「ちょっと、アンソニー」

と王は傍らのカクテルグラスを回しながら言う。野太くて、けれど色気のある声だった。

驚いたことに、発音はほぼ日本人のそれで、信じられないくらい頭のいい人、というマネージャーの言葉を思い出した。彼はピットに身をのりだしてアンソニーに尋ねる。

「どういうことか説明してくれるかい？」

言われたディーラーの方は、小さく眉を上げて。ため息まじりに言う。

「どうもこうも」

はじめて言葉を交わした時から、こちらはまったくほれぼれするような見事な低音だ。

「客を招いたこともないし、ましてや選んだことはない」

その会話に、あたしは少し違和感を覚えた。このふたりが、初対面以上の関係に思えたからだった。

愛想のないディーラーに見切りをつけて、王はあたしに手を振った。

「こんばんは」

あたしは会釈をする。シャッフルを終えてアンソニーがデッキを組み始めると、あたし達はともかく飲み物をとりにバーカウンターまででかけた。

彼は上機嫌のようだったから、どれくらい笑顔を向ければ、より心を満たしてあげられるのだろう。酔っている風には見えなかった。少なくとも、製薬会社の息子ほどは。

「今日はたくさんサービスしてくれただろう。どうもありがとう」

それが今日の夜間興行のことだとしたら、幾つかのアイコンタクトをしてあげただけのあれは、サービスのうちにも入らない、とあたしは思った。

「こちらこそ」

肩をすくめてあたしは言う。

「夕食に誘ってくれたそうなのに、応えられなくてごめんなさい」

「いいや。そうがっつくなと今アンソニーにも言われていたところだ」

あたしは少し迷ったが、やはり彼の上機嫌にのっかるように尋ねる。

「彼とは？」

「ん。ベガスのカジノでね。世界のカジノ巡りはぼくの趣味だから」

あまり意外ではないこたえだった。大きな会社の最高経営責任者とは思えなかったけれど、充分なセレブリティを感じたし、才気、を感じた。これまで何人も、才能を食してきたあたしだからこそわかるのだった。

この人は『持っている』人だ。

飄々（ひょうひょう）として摑み所のない振る舞いに、あたしは踏み込んでみる。

「今日はちょっとびっくりしました。貴方が裸だったから」

ふふっと王は笑った。

「考え事をしていたらどぶに落ちてね」

服が汚れて、失礼かと思ったから脱いでいった、とあっけらかんと。

「……普通足から落ちるものじゃない？」

そういう問題でもないだろうが、思わず尋ねたら、王は爪の綺麗な、長い指で自分の頭をとんとんと叩いて。

「ぼくは頭が重いから」

と冗談のような本気のような理由を述べた。

あたしは笑った。雰囲気を読みとって、笑うべきだろうと思ったから笑っただけだった。特になにがおかしいわけではなかった。

彼は近くで見ればいよいよ、年齢のわからない相手だった。若々しい雰囲気だと思ったけれど、顔や首に刻んだ皺の深さは、少しばかり身体に無理をさせている感じがした。

けれどあたしは身体や精神に無理をさせている人をたくさん知っているから、そんなのはもう慣れっこなのだった。

「あたしの、歌」

ざわめきの中で、首を傾げてあたしは尋ねる。

「満足していただけましたか？」

「――」

王がなにかを言おうとする、と、ゲームを終えたアンソニーがこちらに戻ってきた。

「なにか用があってきたんだろう」

細い煙草に火を入れながら、アンソニーがあたしに向かって尋ねる。あたしはチップを店に返して軽くなった鞄から、一枚の名刺をとりだす。それをちらりとひらめかせて。

「今日、オリタ製薬の息子に会ったわ」

と言った。その言葉に、露骨にアンソニーの動きが止まり、しばらくかたまり、それから長い長い息を吐いた。

「約束をしたはずだろう、アンデルセン」

まだ火をつけたばかりの煙草をつぶそうとして、隣から王の手が伸び、かすめとった。

アンソニーは彼に頓着はせずに、あたしに言う。

「詮索はしない、と」

確かにその通りだった。かつてサン＝テグジュペリがなにものかの手によって連れ去られた時、あたしは万策を尽くすためにここにやってきた。

アンソニー。彼が、なにかを知っていると思ったからだ。ベガス帰りのブラックジャックディーラー。サン＝テグジュペリが消えた現場に落としたカードは彼のものだった。このままではあらぬ火の粉が貴方に降りかかるだろう。それを退けたいのならば。

あの子を捜して欲しいとあたしは言った。

『……心当たりが、ないとは言わないが』

アンソニーは黒いサングラスで目を隠し、感情を見せない声で言った。

『ひとつだけ約束を。……その首謀者について、一切の詮索はするな』

小娘の手に負える相手じゃあない。

そう彼は言ったけれど。

「あの人を詮索してるわけじゃないわ」

あたしは、サーカスの内通者であった妖精が、誰から金をもらっていたのか聞いただけ。

そして、シェイクスピアが手を下さないのならば、あたしの手でかたをつけたいと思った。それだけのこと。

そう言えば、アンソニーは吐き捨てるように「詭弁だ」と言った。

「お前の不用意な行動で、危険にさらされるものもいるかもしれない」

「あの子が心配？」

貴方が贔屓にしている、ブランコ乗りの、あの子が。

オリタ製薬の息子とつながっていた妖精を退団させてから、サン＝テグジュペリへの嫌がらせは減ったらしい。

そうでなくても、身体中に痣をつくって、それでも舞台に戻ってきたブランコ乗りにはひとつの覚悟が垣間見えた。

彼女をかえたのは、恐怖か、それとも、安っぽく言ってしまえば恋なのか。

けれど、どれほどの覚悟をもってしても、……病室に閉じ込められている本物の彼女が戻ってくるわけではない。

あたしの問いに、アンソニーは、問いで返してきた。

「そうまでして、サーカスを守りたいのか？　正義の味方にでもなったつもりで？」

その言葉に、あたしは自然、顔を歪めた。

駆け引きの会話では、感情を露わにした方が負けだ、と知っていたけれど。

「違うわ」

睨み付けて、あたしは言う。

「あたしは、真実が知りたいだけ」

「知ってどうする」

無力さを痛感するだけだ、と言われれば、黙っていられない。

「見世物には見世物の権利があるのよ」

あの病院にいるブランコ乗りのためにも。真実が必要だと思った。

すると、それまで黙ってグラスを傾けながらあたし達の話を聞いていた王が笑いながら言う。

「その話、興味あるね」

「やめろ。王」というアンソニーの制止ははやかった。

「お前がでてきて、ろくなことになったためしがないだろう」

「あら、それは酷いなアンソニー」

くつくつと笑いながら、ぐいと王がアンソニーの肩に腕を回して言った。

「あの街から、出してやったのは誰だと思ってる？」

そう言いながら王がアンソニーに顔を近づけていったので、アンソニーは引き寄せるのと同じだけの強さで王の肩を引き離すようにした。

「お前ではないことは確かだ」

「つれないね」

そんな会話を吐息だけでして、王はこちらに向き直った。

「そうそう、自己紹介が遅れてしまったね」

長い指の手のひらをこちらに向けて、目を細めながら王が言う。

「ぼくは王小義（シャオイー）。しがないデジタル屋をやってる」

あたしはその手を見おろし、ゆっくり握りながら、こたえる。この人の手。この人の指。この人、が、持っているものについて考える。

「……中国では、右にでるものがいない大企業だって聞いているわ」

「はは。誰がそんなこと言ったの？」

少しだけ走る、痺れ。これまで何度も感じたことのある、雷鳴のような、予感。あたしの手を握ったまま、王が言う。

「中国だけじゃない。……ぼくの舞台は世界だよ」

握った腕をかすかに持ち上げ、彼はそんなことを言った。黒い目に浮かんだのは、オリタとよく似た欲の深さ。けれど彼のそれはつまり、才気の深さでもある。

その深さに呑まれかけ、言葉をなくしていると、王はズボンのポケットから、手帳ほどの大きさの、電子端末をとりだした。モバイルか、タブレット端末だろうかと思っていたら、二つ折りになっているそれをぱかりと開くと、いきなりそこから美しい小鳥が飛び出した。翡翠の色の小さな鳥は、羽ばたく音も鮮やかに、宙に舞い、そして消えた。

思わず目を丸くしていると、王はまるで子供のように得意げに、眉を上下させて。

「今、開発しているのはこういう、新しい映像技術でね」

それから、酷く器用に、あたしに向けてウィンクをしてみせた。

「完成すれば、まったく新しいエンターテインメントの形になるだろう」

一体どれほどの技術やプログラムが使われているのか、学業はほとんどしてこなかったあたしにはわからないけれど、差し出されたその電子端末が、この世界に生まれかけている、まったく新しいものである、ということはおぼろげにわかった。

そして王はあたしを覗き込み、不似合いなほど細く長い睫毛を揺らして言った。

「新しい舞台には世界に耐えうる、コンテンツが必要だ」

その言葉は、ざらついてあたしの耳に触れ、不安をかきたてる。

「君の歌は素晴らしかった。けれど、あの鳥籠は君には小さすぎると思う」

支配者と強者の目をして、彼は続ける。

「困ったことがあるのならば、ぼくが力になろう」

そのかわり、と王は言う。

「ぼくのため、歌を、うたう気はないか？」

ぼくは、世界だ。

と、彼は言った。

我が儘を通す裸の王様のように。多分、彼は後ろ指をさされて子供から笑われたとしても、一緒に笑ってやるだけの、度量のある男なのだろう。

あたしは、彼から目を、そらすべきだっただろうか。

波の音のような拍手の残響が耳に思い出され、スポットライトと乾いた劇場の空気が意識を包む。

誰かのために、うたったこと、なんて、なかった。どれほど金を積まれても愛されても。余暇のように、アルバイトのように、子守歌のように、どこか別の場所でうたったことはあっても、あたしの舞台は、あの場所だけ、そう思っていた。

世界とは、なんだろう。

あたし達のその会話を聞いていたアンソニーは、長い髪をかきあげると、憂鬱なため息をついて。

「勝手にしろ」

と低い声で言った。

「言ったはずだ。火の粉は御免被ると。……どんな結果になったとしても、俺はなにも聞かなかったし、話さなかった」

そう言い捨てて、カウンターをあとにしていく背中に、つれないね、と王が笑う。

「……でも」

あたしは呟いた。

「もしもの時は、あの子を守ってあげてね」

貴方に言いたかったのはそれだけだからと、広い背中に言葉を投げるが。

彼は振り返ることはしなかった。

「行こう」

と王があたしの手を引き、歩きだす。


人の溢れたこの街では、密談をする場所は限られてくる。限られはするけれど、少なくは、ない。

王がとっていたホテルは、セントラルの最上階。なるほど彼は、文句なしのセレブリティだと、エレベーターにのりながらしみじみ思った。

「客とホテルにくることはよくある?」

他に人のいないエレベーターで、肩を壁にあずけながら王が言った。あたしは外を見ているのをやめて、笑う。

「あら、まるであたしが売春婦みたいね」

「そう聞こえたなら失礼」

警戒が足りないみたいだから、と王が言った。確かに、と納得するのだった。確かに、あたしには警戒心がない。

「なくすものがそう多くないだけ」

「君はたくさんのものを持っているようだけど？」

「ええ。すべてはあたしのものだから」

もうなくしようがないのよ、とこたえた。酒をつぎあうような会話は心地よく、酔いにまかせてしまいたかった。

「それに、なくすものは貴方の方が多そうだわ」

「なくしたものはまたいちからつくればいい」

そこまで言ったところでエレベーターが最上階に着き、王は先に立って歩いた。カードキーを使いドアをあけると、その時ばかりは紳士らしく、

「どうぞ」

とあたしを中に入れた。

セントラルの最上階は久しぶりだった。海を望む経済特区の夜景を見ながら、飲み物を出すのも早々に、王はあたしに詳細を聞いてきた。

あたしは包み隠さず、演目者に対して行われる嫌がらせのこと、そのエスカレート、そして内部の者がその下手人であること。裏に、大きな金の動きを感じることを伝えた。

「わからないのは」

窓ガラスに指をあてながらあたしが言う。

「演目者ひとりが失脚したとして、他の曲芸子が得をすることがあっても、外部の人間が得をするなんて思えないのよ」

王は無言だった。

しばらく考えてから、デスクに置いてあったノートPCを触り、キーを叩きながら言う。

「……その、製薬会社の息子は、多額の金が動く、と言ったんだろう？」

「ええ、そうよ」

だとしたら、と軽快なキー操作のあとに、PCの画面がこちらに向けられた。

「賭けの対象は君達じゃあないか？」

あたしは瞬きをする。この人はなにを言っているのだろうと思った。こちらに向けられているのは派手な色をした英語のサイト。

「ブックと呼ばれる、スポーツくじの一種だ」

そして彼は告げた。

「君達の進退が、賭けの対象にされている可能性がある」

サーカスブックだと、彼は言った。


壁一面の水槽が、青く光っていた。

まるで海底の秘密基地のようだった。

窓のないホテルの一室。あたしは被っていた大きなつばのある帽子とサングラスをとると、タブレット端末が光るデスクに置いた。

「ようこそ。アンデルセン」

革張りのソファに座っていたオリタ製薬の息子は煙草を灰皿に置いて言った。辺りは彼の煙草で少しだけ曇っていた。

彼に指定された待ちあわせの場所。テーブルに置かれた蒸留酒のグラスは、すでに小さくなった氷が浮かんでいた。

「覚悟はしてきたわ」

腰かける彼の前に立って、あたしは言う。

「あたしは、なにをすればいい？」

多額の金を手に入れるために。単刀直入に尋ねれば、「覚悟、な」と吐き捨てるように男は言った。

「時間がない」

そこで彼は太い指であたしの腰をぐいと引いた。あたしは少しよろめいて、相手の肩に手をついた。

耳元に息を吹き込むように、男が言う。

「どんな手を使っても構わん。ブランコ乗りを、今期中に舞台から引きずりおろせ」

さすればお前には欲しいだけの金をやろう、と。予想されていた言葉に、あたしは瞼をおろし、一度深い呼吸をすると、不安定な自分の身体を支えるために、男の腰に手を回した。

そして、耳元に言葉を返す。

「そうすれば——配当が大きい?」

びくりと、男の肩が揺れるのが、抱きしめている感触でわかった。その震えをさとられまいとしたのか、あたしを引き離して、顔を歪めた男が言う。

「知らなくてもいいことはある」

その顔は、嫌いではないなと思った。

「わかったわ」

だから、笑う。嘘のない、愛を込めて。

人を愛することなんて簡単だ。相手の瞳に映った、自分を愛せばいいだけだから。

「あの曲芸学校の地獄をくぐり抜けた、女のやり方を見せてあげる」

冠ももらえなかった、妖精風情とは一緒にしないで。とは、思ったけれど、言わなかった。

あたしの言葉に、満足をしたようで、あたしの耳をなぶるように指でつまむと、男は言った。

「期待してるぞ、アンデルセン」

あたしはその言葉に、もう一度相手へしなだれかかる。

「ハニ、と、お呼びになって」

甘い声。

うたうような声で。

その色と情は間違えようがないものだろう。金と地位があるのならば、よっぽど変わった性癖でもなければこの街で避けて通れるものではない。

それでも男は一応の仁義を通すように言った。

「恋人がいるのではなかったか」

含み笑いで、あたしはこたえる。

「ええ。金を渡せば黙って別れてくれるって約束してくれたの」

すでに相手の手はあたしの肩、その頼りないレースの紐にかかっている。

「あたし、持ってない人は、ダメなのよ」

相手を騙す方法なんて簡単だ。

嘘を、つかなければいい。

恋をすればいいのだ。

男の膝にのり上げ、足を割りながら、あたしは肩から提げたハンドバッグの口を開き、アルミのケースの中から、カプセルをひとつ、ふたつ。

勢いよくそのひとつを飲み込んで。

「いいものをあげるわね」

口元に銜えて、オリタの唇へとねじ入れた。テーブルの上のグラスをあおり、酒で流し込ませて。

「高くとべるの」

はやく、とねだる。

男の喉が鳴り、嚥下したのは薬かアルコールか、それとも生唾か。

あたしの身体は男に抱えられるために軽く出来ているので、空を飛ぶようにベッドに投げだされればあまりに愉快で、笑ってしまう。

スパンコールは、鱗。

喘ぎは、歌。

はじめて、の、緊張感は、好きだ。

何度だってあたしの身体はよみがえる。新しい相手のたびに、処女になれる。身体が跳ねる。男の人はいつだって、あたしより体温が高いので。溶けて干上がるまで、搾りとってくれていい。

シーツを摑んで、乱れた服の間、薄いショーツを熱っぽい舌がなぞった、その時だった。ずる、と音を立てて、ベッドの端から男の身体が落ちた。

あたしは上下する自分の胸を見て、ゆっくりと己の唇をなめて、起き上がる。

「ごめんね」

白目を剝いて舌をだしたまま、男は昏睡していた。

彼に飲ませたのは、シニアプロデューサーの残した非合法なほど強力な安定剤だった。

服を着ながら、ホントはしてあげたかった、とあたしは思った。

それでなにかが埋まるなら。思い出くらい、残してあげられたらよかった。

けれど今は時間がなかった。あたしは鞄から小さな端末をとりだすと、ケーブルでテーブルの上のタブレット端末とつなぐ。

指示されていた通りに吸いだしを始めると、今度は椅子に脱ぎ捨てられた男の上着から、もう一台。携帯端末も同じように接続をして、言われた通りの操作をする。

服を整えながら画面を見ていると、吸いだし状況を示すバナーは一瞬で端から端まで走った。

帽子を被り、サングラスをかけて、振り返る。

「ごめんね。貴方のこと、好きになってあげたかったけど」

横たわる男に、別れの言葉。

「あたし、サーカスに手をだす人間は、許さないわ」

たとえそれが、――あたし達の、神様であっても。

そしてあたしは、ホテルを飛びだすと、待ち構えていた王の車に飛びのった。

ハニ。とあたしのことを呼んだ、甘い響きを、覚えている。降り積もる記憶の砂粒ではなく、はっきりとした質量として。

細い喉。薄い唇。決して強くはない声帯が、あたしを見上げて、重なった。

体温の低い女の子だった。

『ハニ、ごめんなさい』

抱きしめてくる力は、不思議と強かった。まるで人間みたいだと思った。ありたいもので、あるだけの、彼女の身体能力は完璧だった。

ヒステリーをおこすあたしを抱きしめて、ごめんなさいを繰り返す、一体なにに謝っているのかとあたしは金切り声、で、言った。

うたう、ため、の、あたしの声帯が、悲鳴を上げていた。

あんな風に、誰かにすがったことはなかった。

貴方は泣かなかった、けれど。震える声で、言ったでしょう。

『ひとりぼっちにして、ごめんなさい』

黒髪の。

あたしのお人形。

あたしを置いていくの。ねぇ！

『だって、わたしが今、降りたら……大穴だから』

その賭けで。

笑うのは――誰だ。

「……チャペック」

手を伸ばして、そう呼んだ瞬間、浮上した意識が空気にあえいだ。あたしは車の中で眠っていたようだった。量こそ男に飲ませた半分だけれど、あたしも安定剤を飲んでいたから。

薬で強制的にもたらされる安定はゆらゆらと視界を揺らした。

「起きた？」

運転席に座った王が言った。彼は運転をしながら器用に膝でノートＰＣを操作していた。運転中の携帯端末の使用は罰則があったはずだけれど、ＰＣはどうなのだろう。

片手で操作しながら、解析されているのはオリタのデータのようだった。必ず尻尾を摑むよと、ゲームでもするような簡単さで王は言った。

その上で、君は好きな方を選んでくれていい、と王。

サーカスブックの根絶を願うか？

それとも、オリタの失脚だけを望む？

彼の問いかけに、あたしはまだ、返事を出来ないでいた。

『君の願うままに。ローレライ』

頭の中に彼の言葉がこだまする。

車窓から見る夜の風景は、見慣れたそれが近づいていた。

後部座席の窓に映ったあたしは少し疲れた顔をしていた。まだ薬が抜けきっていないので、老婆、の、ようだった。その顔に、憎しみを覚えた。

……もしも。もしもだ。サーカスブックというものが、存在するのであれば。これまでのすべてに得心が行く。その上で、あたしは確信に近い推測をしていた。

多分、その賭博には、団長シェイクスピアがかかわっているのだろう。

それが、間違いだとは思わなかった。あたし達の芸には金がいる。安物ではない、一流を売るためには、後ろ盾も、先立つものも。そしてそれが、あたし達の美しさを売ることでも、未来の進退を賭け事にすることでも構わないつもりだ。

けれど、もしかしたら。

これまで引退に追いやられた少女達にも、そんな思惑が働いていたとしたら、どうだろう。

夢、の、中で、年をとらない美しいあの子、を見た。

あたしを置いていってしまった、パントマイムのチャペック。

彼女が去り際に残した、「大穴」という、言葉。

津波のように胸に襲ってきたのは、唐突なさみしさだった。

あたしは手を伸ばして、隣にあった王の服の裾を引いた。彼が、振り返る。

「帰りたくない」

俯いて、相手を確かめずに言った。

「ひとりでいたくない」

一緒にいてくれるなら。

誰でもよかった。

けれど、手は、握り返されることはなかった。

「君は魅力的だけど、ごめんよ」

かわりに、あたしの肩を、ぽんと叩いて。なんでもないことのように、言った。

「ぼく、女の子はダメなんだ」

車が止まる。呆然としているあたしを置いて、王が外にでると、紳士的な所作で助手席のドアをあけ、あたしをおろした。

そのまま、あたしの手を握ったままで、王は言った。

「ひとりが嫌なら。覚悟を決めて、ぼくとおいで」

どこまでも行こう、と彼は言う。

「ぼくは、君を。サーカスではない。この世の歌姫にしてあげる」

歴史に名前を刻むんだよ。

その言葉を残し、「また明日」と言って残されたあたしはまるで、浜辺に打ち上げられた貝殻のようだった。

湾岸地域からは離れて、波の音はもう聞こえない。

遠ざかる車のライト、が。

不思議と胸に、火を灯すようだった。

白い部屋からは、消毒液のにおいがした。午前の、面会よりもまだはやい時間。その病院を訪れたのは、院長と懇意にしていたからだ。

名前のでていない病室をノックする。

困惑めいた声が上がるので、「ごきげんよう」とあたしは言った。この声だけで、中の人間はあたしが誰か、わかるはずだった。

やがて扉が音もなく、自動で開く。

ベッドの上で、身体をおこしてこちらを見ていたのは、わずかに痩せて、顔色の悪い、けれど目にはかわらない光を灯した。

片岡涙海。

本当の、八代目サン＝テグジュペリだった。

「……アンデルセン」

かすれた声で、涙海はあたしの名前を呼んだ。

「突然ごめんなさい」

これ、よければ。

そう言いながら、花束をベッド近くのテーブルに置いた。彼女のベッドの枕元には携帯音楽プレイヤーと、イヤホン、それからすり切れた文庫本が数冊あった。

「……どうして、突然」

困惑を滲ませて、涙海が尋ねる。

「顔が見たくなって」

いいかしら、と近くの椅子に腰をかけ、あたしは再び涙海に向き直った。いつもはまとめている髪を、今はおろしている。ざらつきがわかるほど、髪が乾いていた。

怪我の調子はどう、とは聞かなかった。彼女の苦しみは、あたしはすでに知っていたから。あたしが確かめたかったのは、彼女の容態ではなかった。

幾つかの社交辞令を交わしたあと、あたしは単刀直入に尋ねた。

「ねぇ、貴方の怪我は、誰かのせいだと思う？」

その問いに、涙海は能面のように表情を消した。青い血管の浮かぶ、瞼をゆっくりとおろし、瞬きをすると。

「思いません」

はっきりとそう、こたえた。

「これは、わたしの不注意であり、誰の責任でもありません」

そのこたえは、半ば予想通りだった。誰かのせいだと思うのであれば、こんな風に、影武者をたててまですがったりはしないだろう。

あたしは、この子の矜持（きょうじ）は認めているつもりだった。たとえ、もうひとりのブランコ乗りがどれほど見事にブランコを乗りこなしたところで。

あたしは、ここにいる彼女こそが舞台に上がるべきだと思う。そう、思った上で。

「たとえば」

覗き込むように、あたしは重ねて尋ねた。

「あなたの失脚を願って、嵌めようとした人間がいたとしても？」

返す涙海の目は、凪のように静かだった。感情を抑えた声で、きっぱりと、言う。

「それが、芸の不出来の言い訳になりますか？」

あたしは、深く息を吐き、頷いた。

「……ならないわね」

そのこたえで、あまりに充分だった。立ち上がるあたしに、涙海はサーカスに関してある頼み事をした。「必ず」とあたしは請けあうと、「お邪魔したわ」と微笑みかける。お大事に、とは言わなかった。

「はやく戻っていらっしゃい」

そのかわりに、彼女を信じて、一息で言う。

「待っているわ」

あの、少女サーカスで。

ブランコ乗りのサン＝テグジュペリ。

他の誰でもない、貴方のことを。

その日、サーカスの控え室までが酷く騒がしかった。

オリタ製薬会長の息子の、数億にわたる取引先からの横領金が、すべてがカジノに溶かされたとあって、翌日の午後のワイドショーはヒステリーをおこしたようだ。テレビ局は出来る限りセンセーショナルに、彼とカジノの功罪を語った。

たれ込みの出所は、はっきりと公表されなかった。王の手際はどこまでも鮮やかだったということなのだろう。

レポーターに追いかけられたオリタ製薬の息子は、「すぐに返すつもりだった」と語った。

確かにすぐに、返すつもりだったのだろう。

彼の、サーカスブックの配当があれば。

夜間興行の開演が近づいていた。控え室では、サン＝テグジュペリが上手く髪をセット出来ないのか、何度も何度も直していた。

「大丈夫？」

声をかけると、はっとしたように振り返る。

「あ……はい……」

緊張している相手に対し、貴方、可愛いわよ、とあたしは鏡越しに言った。サン＝テグジュペリは困ったように笑った。その笑い方は彼女特有のもので、本当のサン＝テグジュペリにはないもの。少し弱々しく、けれど愛らしいとあたしは心の底から思った。

まだ後れ毛を気にしながら、小さな声で今宵のブランコ乗りが言う。

「今日、立ち見で」

ん？　と振り返ると、視線を泳がせてつけ加える。

「くるって、突然。さっき電話があって」

誰が、とは彼女は言わなかったけれど。あたしが思い浮かべたのは、長い黒髪のブラックジャックディーラーだった。

騒ぐワイドショーのせいか、もっと別の情報源があったのか。

本当に、お人好しねと、あたしは思う。

そして彼女の肩に手を置いて。

「大丈夫、貴方、世界一可愛いわよ」

といたずらっぽく笑って言った。

あたしは、彼女がこの舞台にはふさわしくないと思う。けれど、彼女はそれをはねのけても、舞台に上がるだけの、才がある。

才があるのならば、そこに美しい芸があるのならば、仕方がないとあたしは思う。

畜生にまたがる芋虫のことだって許してはいないけれど、才気に関してあたしは他の誰よりも寛容だった。

不平等さも、美しさだから。

その時、控え室がざわついた。あたしも振り返る。開いたドアの外から、中へ。入ってきたのは。

「……ごきげんよう、皆さん」

サーカスの団長シェイクスピア、その人だった。

びくりと隣のサン＝テグジュペリの肩が揺れるのがわかった。そんな彼女の前にかばうように立ったのはあたし、と。

それから、猛獣使いのカフカだった。

真っ直ぐに、歩いてきたのはけれど、サン＝テグジュペリのもとではない。

「アンデルセン」

あたしの前に立ち、美しい立ち姿であたしのことを見下ろして。そうしてシェイクスピアが言い渡す。

「昨夜、オリタ製薬の会長の息子とホテルに行った。間違いはありませんか？」

ざわめく周囲。あたしはなんの反応も返さない。シェイクスピアは酷く冷えた瞳で、一息に言った。

「事が事です。おおやけになる前に、謹慎を言い渡します。今夜のエンディングは、別の曲芸子に」

あたしは小さく首を傾げた。昨日の夜にあたしが一体誰とどこにいたのか。そんなことはどうでもいい。

「あたし以外の人間がうたうというの？　あの歌を？」

ひきつったように笑いながら。あたしは問うていた。今度沈黙したのはシェイクスピアの方。あたし以外の人間が。あの舞台で？

それによって、一体どれほどの金がどのように動く、のか。そんなことはどうでもいい。あたしには関係ない。けれど。

「それが、貴方のおこたえですか。シェイクスピア」

あたし、は、貴方の、それでも貴方の両手両足となる金を、サーカスブックを暴きもしなかったたし、責めもしなかったというのに。

これが貴方のこたえだと言うのか。

シェイクスピアはなにもこたえなかった。

あたしは手に持っていた、これから嵌めるはずだったレースの手袋を投げ捨てる。

「わかりました」

あたしは言い切った。

あたし、が、舞台から、降ります。


午前のはやい時間の空港は、まるで病室のように明るかった。

なにも持ってこなくてもいいと言われていた。あたしは、言われなくとも、なにも持ってくるものはなかった。

ドレス、も。

貴金属、も。

化粧品も。あたしはすでに手に入れていたから、失ってもまた手に入れればいいと思っていた。

「うん。けど君はそっちの方が綺麗かな」

と、今日は打って変わって高価そうなビジネススーツを着た王が愉快げに言った。

「行こうか」

そろそろ、搭乗の時間だ、と王が言う。

この先にはなにがあるのだろうとあたしは思う。ここはまだ、湾岸地域から車で数十分ほどしか離れていない空港の国際線ロビーでしかない。けれど、飛行機にのり、離陸したら、あたしはここではないどこかに行くのだと思った。

もっと、遠いところ。

王があたしの肩を摑んだ。その手には情欲がなく、劣情もなかった。ただ、あたしへの信頼と、期待だけがあった。

「決して後悔はさせないよ。ニューワールドを見せることを、約束しよう」

君に世界の舞台を見せてあげる、と甘美な響き。それは決して、響きだけの魅力ではないのだと、あたしの本能が告げている。

彼は、やると言ったらやる男だ。もしかしたら、世界の歴史に名前を残すのかもしれない。

それを裏付けるように、彼ははっきりと言ったのだ。

「永遠をあげよう」

そんなことを、約束してくれる人が、ベッドの中の寝物語以外で言ってくれる人がどれほどいるだろう。

確かに彼は永遠をくれるのかもしれない、とあたしは思う。

あたしにとって、長らく男性とは刹那でしかなかった。抱きしめてくれるぬくもりであり、燃え上がる愛情であり、そしていつか冷めてなくなるものでしかなかった。

女の子ならばと思った、その相手も、いつしか別の男にとられてしまった。

今ここにいる、彼とはなにもはじまらないだろう。だから、終わらないのかもしれない。

もしかしたら、永遠がやってくるのかもしれない。この、持っている手を。握って。

うたえるのかもしれない。

刹那から、永遠。それが欲しかったのでは、なかったか。

肩を抱かれ、踏みだした。その時に。耳についたのは、聞き慣れた音楽だった。その出所を求めて、あたしの視線が動く。

巨大な電子広告に映し出されたのは、美しい横顔だった。

――八代目、サン＝テグジュペリ。

途端脳裏にひらめく、病室の青白い横顔。対照的な、バラ色の美しい顔。唐突に、あたしは彼女を、彼女達を、ブランコ乗りを、見届けなければならないと思った。

今夜も幕を上げるであろう、彼女達を。

守らなければ。

彼女は今、歪みながらも美しくあろうとする、サーカスそのもの、ではなかったか。

「王社長」

あたしは言う。

肩に触れた手を、丁寧にどけて。

「あたし、行けないわ」

王を見上げて、あたしは言った。

「ごめんなさい。あたし」

彼は酷く優しい目をしていた。暗い炎の燃えるような目を出来うる限り優しく揺らして、あたしの言葉を待ってくれた。

不意に、じわりとあたしの目に涙が浮かんだ。生理的な快楽の涙と、嘘のそれ以外に、こんな涙が浮かんだのは一体どれくらいぶりだろう。

歌、を、うたうため、の、あたしの喉が震えて。

陸に打ち上げられた魚の、最後の痙攣のように唇が震えた。

「あたし、あのサーカスでしか、うたいたくない」

たとえ、あの場所が小さな井戸でも。

あそこでしか息が出来ない、とあたしは思った。

王はあたしの言葉に深く深く息をつくと、ゆっくり首を左右に振って。

「謹慎を言い渡されたんじゃなかったか？」

と尋ねた。そうだ。だから、あたしは今日、ここまできた。うたえないサーカスになんか用はないと。あの場所に後ろ足で砂をかけて、世界に羽ばたくはずだった。でも。

「戦うわ」

あたしは言っていた。

「たとえ相手が団長シェイクスピアであっても」

あの場所でうたうためなら、なんだってする、とあたしは言った。

ブランコ乗りが、命をかけて嘘をついたように。

王は肩をすくめると、淡く笑いながら、頭をかいて言った。

「女の子に振られたのははじめてだ」

その言葉に、あたしは笑った。

「あたしも、男の人に振られたのは、はじめてよ」

やっぱりあたし達、友達になれるのかもしれないわねと、差し出した手は、長い長い別れの、握手のためだった。

明るい日差しの差し込む、午後の団長室だった。あたしはお辞儀もせず、挨拶もなくそこに踏み込み、シェイクスピアの座る広いデスクに、一枚の紙をたたきつけた。

「あたしのエクストラを買ってくれる人達のリストです」

メディア関係者。高名なクリエイター。警察関係。それから、このカジノの有力者達。夜をともにした人も、何人もいた。

「全員と連絡をとりつけました」

真っ直ぐにシェイクスピアの、薄い眼鏡のレンズの奥を射貫いて、あたしは言う。

「あの夜彼が誰といたかは、絶対に公にはさせません」

誰もが、今もあたしを特別だと思ってくれているからこそ、あたしを守ってくれると約束してくれた。

それが正しいことなのかどうかは、あたしは知らない。あたしはあたしの使えるものを使った、に、過ぎない。

美しい審判者があたしのリストを眺めている。

シェイクスピアは、初代の、伝説となったサーカスの団員でありながら、当時のことについてメディアに語ることは決してなかった。だから彼女が、どんな思いで、どんな根拠をもってサーカスを維持しているのかは、あたし達の知るところではないのだけれど。

シェイクスピアが、規律と金でこの場所を守るように。

あたしはこの身と、愛情で、このサーカスを守ってみせる。

なぜなら。

「あたしがこのサーカスの、歌姫です」

そして。

「ここは、あたしの」

宣戦布告のように、あたしは言った。

「あたしのサーカスよ」


深海、に、波の、音。

人の期待。感情。それから、情念が、おし寄せる。

この海が、あたし、の、生きる、場所。

拍手を浴びながら、オーケストラの響かせる音にのって。

あたし、は、うたい始める。

眼前の席には、かつて、裸の、王様が座っていた。

彼は言った。

君を、海から引き上げる。

あたしは、こたえた。
陸では、生きては、いけません。
あたし、は、このサーカスと添い遂げるのだと、そんなことを、唐突に思った。
これから、幾度、何人の、愛する人と眠るのだろう。
身体を開き、愛しあうのだろう。
それらはすべて、あたしが、あたしの歌、を、うたうため。
この場所を、生かす、ため。
すべてを、守る。
この、サーカスを。
そしてあたしは、うたいだす。
永遠をちょうだい。
永遠を。

あたし、の、サーカスへ、ようこそ。

幕外　ネットニュース記事

サーカス歌姫、復帰後初テレビ出演「これからもうたい続けます」堂々パフォーマンス

2019年5月10日より体調不良のため一時活動を休止していたカジノサーカス団の歌姫、五代目アンデルセンこと花庭つぼみが、5月22日にステージに復帰。翌日放送の湾岸テレビ系音楽番組「ミュージックジーン」（毎週金曜よる九時〜）に出演し、復帰後初のテレビ出演を果たした。

【写真】〝劇的イメチェン〟活動再開の歌姫レインボースタイル

◆サーカス歌姫、復帰後初テレビ出演に喜び

活動再開を果たし、レインボーの鮮やかなドレスで華やかに登場した花庭つぼみ。世界的なデザイナー・ジョシュンのコーディネートで、体調不良を感じさせない笑顔を見せた。

新曲『oath』をテレビ初披露。作曲はソングライターとして絶大な人気を誇る吾妻（あづま）シオン。続いて『サーカスへようこそ』をうたい上げた。番組最後には「これからもうたい続

けます。サーカスでお会いしましょう！」と軽やかに復帰の喜びを伝えていた。

ネット上では、「歌姫復活」「元気な姿で嬉しい」「テレビでも見られるなんて」「やっぱり歌姫がいないとサーカスじゃない」などとファンから続々と反響が寄せられている。

◆花庭つぼみ、活動再開を発表

花庭つぼみ（年齢非公開）は２０１４年湾岸カジノ少女サーカスに入団。五代目歌姫アンデルセンとして、歴代最長の在籍期間をつとめている。

２０１９年5月10日夜公演を前に、体調不良による突然の休演を発表。活動を一時休止。長引けばこのまま代替わりもと報じられていたが、約二週間の休養を経て活動再開。

第五幕

ブランコ乗りのサン＝テグジュペリ

Act 5

夜は円形をしている。星は、ない。拍手は雨粒のように鼓膜を叩く。わたしの目、そして耳が、窓ガラスのように外界をとらえる。

闇の中で世界はくすんでいる。

スポットライトだけが行く手を照らす。やがて目が慣れると、客席に爛々(らんらん)と灯る、小さな光。

そのひとつひとつが人間の生であり営みであり、期待と好奇そのものである。細い針のような視線が指の先、爪の間にまで刺さる、痛みを感じるほどのそれらは上昇気流となって、暴風雨の向こうへとわたしを飛ばす。

まるで金色の丘のよう。

平野の夕暮れ。金色の光。

わたしの聖書。

息を吸うと耳が広がる。聞こえてくるオーケストラが、エンジンの音にかわる。あくまでも己の一部になるように、呼吸と鼓動を同期させる。

空中から下がるブランコ。それを握る、わたしの手が命綱。けれど本当の自由は、この手を離した先にしかない。

勢いをつけて、跳躍をする。躊躇いは失速を意味する。失速は死に直結する。

死とは？

心の中で問いかける。わたしはこたえを知っている。

落下だ。

呼吸を止めて空を渡る。雷雲の向こう側に。危険をくぐりぬけるたび、客席を埋め尽くす観客の感嘆のため息と、悲鳴を飲み込む気配がする。

恐怖からの解放を快楽にしなければならない。

美しさだけが、価値を与えてくれる。

誰よりも高く、誰よりも美しく、誰よりも危険な曲芸。おそれはない。百万回の練習が、犠牲にしてきた日々が、時間が、わたしの勇気となるはずだから。

このためにつくった身体。

このために生まれた命になりたかった。

一瞬を永遠にかえて。

拍手だけを、得るために。

空だけを、飛ぶために。

身体をひねり、空中で回り、そしてまたブランコに引き寄せられて。何度でも飛ぶ。どこまでも。わたしは恐怖から手を離し、歓喜に手をかける。引いて寄せる波のように。何百回のフライト。何千回のテイクオフ。飽きるほどの反復運動。それだけのはずなのに。何天からのスポットライト。その光が、瞳を焼いた。筋肉が萎縮した。

（いやだ）

なにを拒絶したのかも、わからない。

ただ、ほんの数ミリ、指先が届かない。オーケストラが耳から消え、スポットライトが瞳から消え、わたしは鋼鉄の塊になり、重力が暗黒の諸手となって身体を引きずりおろす。落ちる。死ぬ。見上げる。主を失ったはずの、細いブランコ。地よりも天に近いその場所で。わたしと同じ顔をした、曲芸子が笑っている。

ふと、息苦しさに目を覚ました。

夢を見ていた。夜の夢だ。曲芸の夢。夜間飛行の夢。

喉に封をしていた空気の塊を吐きだして、その勢いを借りて酸素を吸入した。

息をしないと死ぬのよ。

そんな単純で当たり前のことを教えてくれたのはこの病院の看護師だった。息を吸って、吐く。その当たり前のことが出来ずに、入院したばかりの頃は何度もナースコールを押した。当たり前のことも出来なくなった自分は正真正銘の病人なのだと思った。

病？　怪我？　どちらでもいい。

ブラインドのおりた窓の外は暗く、歓楽街の嬌声も病室の中までは届かない。

空調がコンピューター管理された部屋の中は、夏の盛りにあってても涼しいほどであったが、背中がぐっしょりと汗で濡れているのを自覚した。

首を回し、ベッドサイドの時計を見る。時刻はまだ夜の八時だった。いつの間にか眠っていたらしい。そのまま寝返りを打とうとして、足の重さに顔を歪めた。

わたしのものであるはずのわたしの足。その片方が、わたしの意識下から外れて、一ヶ月と半分が経とうとしている。

わたしの、右の足。太ももから先の感覚はない。血はまだ通っているようだが、青白く、常に冷たいので電気毛布をあてがわれている。感覚がないから、最小値の、淡いぬくもりだ。たとえ低温火傷をしたとしても気づかないのだろう。時折感じる痛みは、片足の不自由さを脳が「痛み」とうけとっているだけなのだと言われた。

膝がガラクタなら、この脳はなんとポンコツなのだろう。

足枷ならばまだ可愛い。股関節から、まるで鉛が生えているようだった。

練習中、ブランコから落ちた日のことは今も鮮烈に覚えている。瞼を閉じればいつでも、何度でも悪夢のような一瞬がよみがえる。

そして夢の中でも、繰り返し繰り返しわたしはブランコから落下する。

それも含めて事故の後遺症なんだよと、院長でもある主治医はわたしに言った。わたしは『事故』というその言葉がしっくりこないなと思った。

道ばたで転んだ子供に、親は「事故だから仕方ない」と言うだろうか。

わたしは過ちをおかした。だから、こうして、病院のベッドの上にいる。因果応報。過ちにはふさわしい罰だと思うけれど。

かつて、目を覚ましたわたしに、母親はそう言った。わたしはその言葉に頷くことが出来なかった。

（「命だけでも助かってよかった」）

命、だけが、助かってもいいことなどなにもない。

白い天井を見上げる。目を見開き、宙ばかりを見ている。まぼろしの痛みのように、そこに揺れるまぼろしのブランコを見た。

夜の病院。ベッドの中で。

毎夜毎夜、どうしてわたしは、自分が死ななかったのかを考えている。

小さな頃から、サーカスは強烈な憧れだった。

母に手を引かれて見に行ったのは、今はもう伝説となった初代の少女サーカスだ。そこで、金色の衣装を着て、空を舞うサン＝テグジュペリを見た。命綱もなく、地上にはられた網も心細い薄さだった。

けれどサン＝テグジュペリは恐怖などなにも知らない顔で、空を飛び、身体を反転させ、逆さになって観客に手を振った。

わたしは二階席の柵にしがみつくようにして、息を止めて彼女の行く末を見守った。見てはいけないものを見るような、背徳的な喜びだった。

大人の飲酒や性行為を覗き見するような。

もしくは、凄惨な死体に釘付けになるような。

思い返せばそのようだった、と印象づけられているだけで、その当時はわけもわからず、口をあけたまま、サン＝テグジュペリの曲芸を眺めていた。

当時のブランコは今よりもロープが長く、地面に近かった、とこれもやはりおぼろげながら覚えている。

ちょうど二階席と同じ高さで行われる曲芸で、ブランコに片足をかけ、頭を下に、ぶら下がったサン＝テグジュペリと目があった。

（あ）

こっちを見た、と思った。子供心の、浅ましい、思い込み。そう笑われても仕方がないけれど、その時は本当に、こっちを見た、と思ったのだ。

濃いアイメイクをした目が、狐のようにきゅう、と細められて。

微笑んだ。

そう、思った。曲芸の最中、ブランコに乗った相手と、目があうこと、ましてや笑いかけられることなど、ありはしないはずなのに。

わたしに、向けて、微笑んだ。なぜかそう確信した。そして、まさにその時、雷に打たれるようにして。

わたしはブランコに乗るのだと、そう決めた。

演目者が襲名制であることも知らず、どれほどの狭き門、過酷な戦いなのかも知らないままに、心に決めた。心が決めた。

ただそれだけ、だった。

わたしがブランコに乗りたい、と言うと、熱心なサーカスファンであった母親はいたく喜び、わたしと、それから、双子の妹である愛涙を幾つもの習い事に通わせた。目指す先は決まっていた。当時開校されたばかりの曲芸学校。

わたし達はいつも手をつないで、学校終わりに、時には学校を早退してでも、幾つもの習い事に通った。体操教室の先生は、わたしが曲芸学校志望であることを知っていたから、時にリップサービスともとれることを言った。

『双子のブランコ乗りって、ステキね』

ふたりで、ひとつ。

わたしは曲芸子になりたいし、双子の妹もまたそうなりたいのだろうと、信じていたのは、物心つくまでの話だ。

双子の妹である愛涙は、わたしとよく似た顔立ちをして、よく似た体格をして、よく似た声をしていた。それでいて、心の有り様はまったく違っていて、違う生き方をしている自分を見るような、不思議な気持ちになった。

一度、体操教室に行く道すがら、その日必要だった体操着を忘れ、とりに帰らなければならなくなったことがある。よりによって、次の発表会の主役を決める、とても大切な日だった。急いで戻る、と言ったわたしに、愛涙がついてきて言った。

『一緒に行く』

遅刻するよ、とわたしは言った。こくんと愛涙が頷く。

『いい。るうと遅刻する』

愛涙は普段から主張の強い子供ではなかった。だからわたしは彼女がどうしてそう言うのかわからなかったし、それなら、と思わず言っていた。

える、貴方の体操着を貸してよ。

そして愛涙が遅刻をすればいい……というのは、なんという傲慢な提案だろう。けれども言われた愛涙はほんの少し考えたあと。

体操着を入れていた布鞄（かばん）を、わたしに押しつけた。

エルと大きく刺繍された、それ。

『行って』

と愛涙は言った。いいの？　とわたしは尋ねた。わたしから言い出したことだったのに、理解しがたかった。わたしはこのオーディションで必ず主役を勝ちとるつもりだった。

自分がそうだから、愛涙とて同じように思っていると信じていたし。

子供だったわたしは、最後にどちらかがどちらかを蹴落とすことになるかもしれないなんて、思いもしなかった。

うん、と愛涙は深く頷いた。

『るうは、遅れちゃダメだよ』

わたしは、遅れてはいけない。だとしたら。

えるはどうするの。

そう尋ねたら、愛涙は笑った。嘘のない、それが正しいと信じている微笑みで。

『私の分まで、綺麗に踊って』

そう告げた。

るうならきっと、大丈夫だから、と。

手を振る愛涙は笑っていた。その微笑みを、わたしはずっと忘れられないでいる。

幕間　I

片岡愛涙がサーカスの控え室を飛びだしたのは、自分の演目が終わってすぐのことだった。まだサーカスは延々と続いていたが、彼女は長い麻のカーディガンを一枚はおっただけで、劇場のタクシーのり場にでた。すると、予想をしていた通りにひとりの客が劇場を出て行くところだった。

アンソニー・ビショップ。当日券のサイドシートで、愛涙のブランコ乗りを眺めていたカジノのブラックジャックディーラーだった。

アンソニーは愛涙の姿を見ても驚くことはなく、「また抜けだしてきたのか」と呟いた。

「また先に帰るつもりだったのでしょう」と愛涙が言う。

相手には、以前そうした前科があった。

今日の自分の演目がどうだったのか、は愛涙は尋ねなかった。満足のいく曲芸ではあったが、当日券のサイドシートはそれを尋ねるに足るものではないから。

彼女は最前の、彼女のための席で自分の演目を見せることを望んでいた。

少女サーカスのチケットは人気が高く、安いわけでもない。中座する人間はほとんどいなかった。けれどアンソニーは自分の仕事に戻るつもりらしかった。

「今日は機嫌を損ねる歌姫もいないだろう」

「アンデルセンのことを知っているの？」

愛涙が一歩踏み出す。今日の公演、歌姫アンデルセンは公演直前に謹慎を言いつかっていた。今の少女サーカスを象徴する彼女が舞台の登壇を阻まれるということは、少なからず他の演目者にもショックを与えていた。

「彼女は大丈夫なの？」

「言わなかったか？　あれはベガスでも通用する毒婦だ」

大丈夫でない道理などない、と言った。その言葉はなにも知らない愛涙にも安堵を与えた。

「ただ……」

アンソニーは小さく唇を曲げ、呟くように言う。

「彼女が本当に大丈夫だった時の方が問題だ」

愛涙は綺麗に舞台化粧を施した眉を寄せる。

「どういう意味？」

小さく笑い、アンソニーは肩をすくめた。問いかけに対し、必ずしも明確なこたえをくれるような男ではなかった。

タクシーに合図を送り、のり込みながら言う。

「はやく戻れ。カーテンコールには間にあうべきだろう」

観客が待っている。美しいブランコ乗りの、素晴らしい演技に、拍手をするために。

以前演目を見た時には、彼はそうは言わなかっただろうことを愛涙は知っている。愛涙の演技が、カーテンコールに足るべきだと認めたのだ。それだけでも、愛涙にとっては十二分過ぎるほどだった。

「アンソニー」

思わず呼び止めようとしたのは、歌姫に関するこたえが返らなかったからで、引き留めようとしたわけではなかった。それでも、彼は後部座席のウィンドウをおろして。

前を見ながら短い言葉で言った。

「悪くない夜だった」

車は発進する。夜の歓楽街の中へ。愛涙を残して。

愛涙はタクシーのり場から劇場の中へ入り、人気のない廊下に座り込む。

熱帯夜の中で自分の身体を抱いて。確かめようもない正体のない熱を、抑え込むのに精一杯だった。

午後のワイドショーはサーカスの話題で持ちきりだった。

大手製薬会社の会長息子が、会社の金を横領してカジノに入れ込んでいた、という話題はどんな政治スキャンダルや経済情報よりも人の心を摑むらしい。

そこから人間の浅ましさと、強者の転落と、不幸の甘いにおいがするからだ。

この三日間くらい、同じ話題がループし続けている。わたしはどの情報も聞き飽きていたけれど、それでもあのカジノにつながる空気を断ち切れないでいた。

「まだ、サーカスの方も騒がしいんじゃない?」

ワイドショーを見ながら、わたしは隣でりんごの皮を剝く愛涙に問いかけた。

「うーん、どうだろう」

愛涙は手元のナイフから顔を上げずに言った。

りんごの皮は剝かなくていいよと、自分からはじめた会話を遮るようにわたしは言う。愛涙の手に傷でもついたら大変だから、ということはわざわざ口にはしなかった。

日中働きにでている母親にかわり、愛涙は大学に休学届を出してわたしの様子を見にきてくれていた。もっとも、割かれる時間はわたしの世話よりも、サーカスの演目練習の方が多い。

ベッドから動けないわたしにかわり、ブランコ乗りの代役を引き受けた愛涙。出来ない、と泣き言を言っていたのは最初だけで、今は毎夜毎夜、わたしの名前を守りながらサーカスの舞台に立っている。

出来ないはずがないと思っていた。知っていた、のかもしれない。

「それよりも、プロデューサーの入れかえの方が騒ぎになっているみたい」

しばらく体調を崩していたプロデューサーが、本格的に病気療養に入るらしい。今シーズンは今までのプログラムを続けるが、来期の演出はまだ未定なのだという。

そこで愛涙はなにかを口ごもるような顔をした。

言いたいことはすぐにわかった。双子だから、というわけではないけれど、わたしもまた同じように思ったからだった。

来期のプログラムが決まるまでに、舞台に戻りたい。戻ってきて欲しい。けれどそれを自分から口にするのは憚られたし、言われたとしても返す言葉がなかっただろう。

動かない右足。遅々として進まないリハビリ。

次も、この調子なら、やはりサン＝テグジュペリの座は愛涙にまかせることになる。いつまで、と自問する。

いつまでここにいて。

いつまで愛涙が舞台に立つのだろう。

無理を言い、願ったのはわたしだ。でもそれは、わたしが舞台をおりるためではなかった。わたしが戻った時に、舞台に居場所を残しておいてもらうためではなかったのか。

憂鬱な思考を振り切るように、わたしは別のことがらを尋ねた。

「アンデルセンは？」

このニュースが流れたその日、少女サーカスの歌姫であるアンデルセンが、事件当事者である会長息子と密会していた。その理由から謹慎を言いつかった……という情報は、愛涙に聞いたものだった。

ワイドショーからはまだ、流れてこない。

「彼女はすぐに戻ってくるって」

やっぱり彼女はすごい、と感嘆しながら愛涙が言う。

たった一度の謹慎。その通告が団長シェイクスピアからアンデルセンにあったというまさにその日の朝はやく、彼女がこの病室を訪れたことは、愛涙にも言っていない。

今この少女サーカスの演目者の中で、間違いなく長たる歌姫は、わたしに幾つかの質問をした。彼女がなにを考えているのかはわからない。けれど、自分の考えていることについては、迷いなくこたえたつもりだった。

わたしの言葉に、待っているわと彼女は言った。

あの舞台で。

わたしのことを。

「そうだ」

アンデルセンの名前を聞いて、愛涙が慌て、濡らした布巾で指先を丁寧に拭いた。それから鞄の中から、一枚のディスクケースをとり出して。

「これ、アンデルセンから」

とわたしのベッドの、サイドテーブルに置いた。それから気をきかせたのか、「かける？」とテレビを指さし尋ねてくる。

その中身について聞かされているのかどうかは知らないが、わたしにはわかっていた。

だから首を振って断ると、

「アンデルセンはなにか言ってた？」

そちらの方が気がかりであったので、わたしは尋ねる。けれど愛涙は小さく首を振った。

「特に、なにも。ただ、病院に持っていって、と言って渡されたっきりで……。謹慎が明けてからは、前よりもテレビなんかの仕事が増えているみたいだし」

悪いことを言う人もいるけれど、アンデルセンには誰も、直接は言えないからと愛涙が言う。確かに、今のサーカスで、アンデルセンはシェイクスピアに次ぐ絶対の権力者だった。

それは、そうなのだけれど。

頼んでもいないのにりんごの皮を兎の形に剝く、器用な愛涙の手元を見ながら、わたしは問いかける。

「なにか、いいことがあった？」

「え？」

手を止め、顔を上げて愛涙が聞き返す。化粧が薄く、日焼け止めくらいしか塗らない愛涙の頰は、薄い珊瑚(さんご)のような色をしている。

彼女は最近、美しくなっている。それは他人に見られ、賞賛と喝采を得ているからなのか、それともまったく別の理由なのか。

「いいこと……」

愛涙の瞳が揺れる。わたしと似た顔。わたしと似た姿。わたしと似た声。

けれどわたしとは、違うもの。

わたしは時折思うのだ。あの、幼い日の少女サーカスで。

ブランコ乗りが笑いかけたのは、本当は、わたしではなかったとしたら?

こんなにも似ているわたし達だから。神様がとり違えたとしても、なんら不思議ではないような気もするのだった。


私、高校は公立に行こうと思ってる。

そう、双子の妹である愛涙が告げたのは、中学校もまだ半ばのことだった。小学校を卒業する時期にはもう、わたしははっきりと進路を曲芸学校に定めていた。ただそれだけを求めてがむしゃらにやれば手に入れられると、子供心に信じていた。

他にはなにもいらない。ブランコ乗りになれればいい。

けれど、同じ体操教室に通い、同じ自主練習をしながらも、愛涙の心は違うようだった。

だから、そう言われた時、特に意外にも感じなかった。

『受験も、しないの』

『しないよ』

記念受験なんて、緊張するだけだし、と笑った。その笑顔に無理もなかったし、嘘もないようだった。だからこそわたしには理解しがたかったけれど。

わたしは顔には出さずに、心の中で計算していた。毎年の曲芸学校の入試倍率と、愛涙が受験をすることで、わたしの合格率は上がるのか、それとも下がるのかということを。双子のブランコ乗り、その将来性と、リスクについて。

わたしはそんな算盤(そろばん)ばかりを脳内ではじいている。なにを学んでどんな風に育って。なにを信じてどんな生き方をすれば。

あの輝かしい場所に立てるのか。

可愛げのない子供だった。ただ必死だった。心を捧げれば手に入れられるのだと信じていたのかもしれない。少なくとも、なにも捧げないよりは。

けれど、曲芸学校に行かないといった愛涙は、酷く意外な理由を告げた。

『だって、うちそんな、お金もないよ』

わたしはまばたきをした。驚いたのだった。お金、と心の中だけで反復する。曲芸学校は私立の学校の中でも、特に多くの学費がかかる。そんなことは知っていたし、バレエに体操、ダンスという習い事だけで、幼い時からずいぶん自分達にはお金がかけられていることも承知していたけれども。

至極当然だと思っていた。与えられることが当然だと。だってわたしは、それに応えるだけの努力をしてきたから。

そしてわたしは、必ず演目者になると、心に決めていたから。

けれど愛涙は――オーディションの日にわたしに体操着を貸してくれた優しい妹は言うのだ。お金がないから、行くことが出来ないと。

その上で、わたしには行くなとは言わなかった。

『ねぇ、涙海』

愛涙は、トレーニングルームの鉄棒でくるりと回りながら。美しくつま先を伸ばしたま
ま、中空でぴたりと身体を止めて言う。

『私の分まで頑張ってくれるよね？』

その回転は、ぴんと伸びた細い脚は、不思議な魅力があった。わたしの知る限り、わたしに匹敵する美しさを、わたしを越える美しさを持っているのは愛涙だけだった。彼女が誰よりも綺麗であること。それを、わたしは結局、最後まで言わなかった。

言えなかった、のかもしれない。自分があの舞台に立つために。一番最初に蹴り落としした存在が愛涙であったし、彼女がわたしの中で最上のライバルでもあった。だからこそ、この先一切の人間に負けないのだと心に決めた。

なにも望まない。他の幸せなんてなにもいらない。だから、わたしはあの舞台をもらう。名前をもらう。スポットライトを。一瞬の、輝きを。

どれもこれもみな、自分の浅ましさへの言い訳にしかならないのだろうけれど。

わたしはわたしのことだけを願った。祈った。懸命に叶えようとした。

それが罪であったのだとしたら。この病室は独房で、わたしに与えられているのは罰

だったのだろうか。

ＬＥＤの青白い名残が照らす個室に、液晶テレビのモニタだけが鮮やかな光を放っている。

時刻は夜。面会時間も、消灯時間もとうに過ぎていた。寝付くことが出来なかったわたしは、迷ったけれどこのディスクを再生することに決めたのだ。

わたしは車椅子に座りなおし、リモコンでプレイヤーの電源を入れた。湾岸地域唯一にして最大のこの病院は、対象をカジノ街にきた富裕層と定めているため、個室には一通り、人間が暮らすには贅沢すぎる設備が備えられている。

このディスクは、アンデルセンがこの病室にきた時に彼女に頼んだものだった。外にはもれない大きさの音声が流れ始める。まず、聞こえたのは人々のざわめき。そのさざなみのような喧噪を聞いただけで、鼻の奥がつんとするのがわかった。

これは、公演ごとに撮られる記録用の映像だった。

ディスクにして販売される特別公演以外は、出回ることのないデータ。わたしが、舞台でのサン＝テグジュペリの演目を見たいのだと言ったら、歌姫アンデルセンが用意してくれると約束してくれたもの。

わたしの居ない、わたしの居るはずだった少女サーカス。

やがてオーケストラが聞き慣れた伴奏をかなで始める。サーカスのはじまりを告げるオープニング曲は、もう何十回と聞いてきたものだ。

けれど幕が上がり、そこに立っていたのはわたしの知っている歌姫ではなかった。

三人の、曲芸子。普段はコーラスをまかされているはずの彼女達が、前にでてうたうのは『サーカスへようこそ』。客席には事前に通知があったのか、なかったのか。寄せては返す波のように、観客の戸惑いをマイクが拾った。

歌姫アンデルセンがでてこなかったことで、これがどの日の公演なのかすぐにわかった。彼女は滅多なことがなければ休演したりしない。謹慎の間の公演なのだった。

自分がいない舞台だから、と映像班にかけあったのかもしれない。彼女は人にものをねだることに特に慣れた生きものだから。

流れでるユニゾンを聴きながら、下手な歌、とわたしは思った。

若々しく、はりのある歌声。もちろん曲芸学校の卒業生だから、音を外すようなこともない。けれど、歌姫アンデルセンとは、比べものにならない。

ねだることに長けた彼女がひとつだけ手に入れられないもの。

永遠をちょうだい、と願う歌。

それをこんな風にうたわれたのでは、彼女はまだまだ、引退出来そうもない、とわたしは安堵するような、少し羨むような複雑な気持ちになった。

これが、歌姫アンデルセンのオープニングソングだったならば、わたしの胸はより強く、郷愁にしめつけられていただろう。

まばらな拍手。押し出される不完全な曲芸子達。

こんな日もまたいいだろう。わたし達は完璧ではなく、不自由であらねばならないのだから。

猛獣使いのカフカ。ナイフ投げのクリスティ。誰もが、その日において最上の曲芸を見せようとしている。その姿に強い郷愁を覚えながらも、一時この部屋での孤独を忘れることが出来た。

しかし次の演目のための曲が流れ始めると、己の心臓が悲鳴を上げるのがわかった。両手で口を閉じたのは、叫び出さないようにするためだ。

薄い幕。その向こうに見える、舞台の上段に立つシルエット。

拍手の音は、聞こえているのか。

オーケストラの音楽は。

その身体にその鼓膜にその指先に、一体どのように響いているのか。

アナウンサーが流暢な声で、次の演目を告げるだろう。最初は日本語で。そして次に英語で。

——Ladies and Gentlemen,

——welcome to the Circus.

そうして呼ばれるのは。

《ブランコ乗りのサン＝テグジュペリ》

姿を現す、スパンコールをちりばめた細いシルエット。それが自分の身体ではないことは、わかっていたはずなのに。衝撃と嫌悪感を覚えた。

吐きそうだ。吐いてしまいたい。なぜ。理由なんて、わかっているのに！

舞台に上がる愛涙は美しかった。そうあって欲しいと思ったし、そうであろうと確信もしていたけれど、やはりその美しさはわたしには身を切る辛さだった。

たとえわたしと同じ遺伝子であろうとも。そこに立っているのは、わたしではないのだから。

カメラは舞台上の全景をとらえていた。もともと、楽屋裏から舞台の進行を見るためにとり付けられたカメラだ。けれど楽屋裏のディスプレイよりも大きな画面だったから、かろうじてその横顔、まとう空気と表情を見てとることが出来た。

メイクはわたしが教えてあげたもの。

グロスをのせたつけ睫毛も、チークの置き方も。

動きは彼女が見ていたもの。好きだったから、と愛涙は言った。好きだったから。いつも見ていたから。その無邪気さは、あの子だけのもので、わたしにはない。決して。

指が白くなるほどリモコンを握り締めて、奥歯を噛んだ。泣いてしまいたかった。そして電源を落としてしまいたかった。見なかったことにして。けれど。

けれど目は、奪われていた。心は、その中にあった。

身をそらし、地を蹴って、跳躍。画面の中でサン＝テグジュペリが中空に躍りでた時、わたしもまた身をそらした。

リモコンが手から滑りおり、リノリウムの床に大きな音を立てて落ちる。わたしはそのことに頓着はせず、腰を折って、背筋の神経をぶわりと粟立たせる。

暗い病室。

オーケストラの、音楽。

重ねあわせる、鼓動と神経。病のような夜間飛行。どこまでも、遠くまで。くるくると回り、空を行き交い、そして、飛ぶ。

「っ！」

画面の中で愛涙がブランコから手を離した瞬間、びくりと自分の身体が痙攣した。落ちる、と思ったのだった。

暗い病室。落ちる場所なんて、どこにもないのに。

大きくむせて、涙が浮かんだ。呼吸の仕方を忘れていた。目の前がちかちかと光ったけれど、それはスポットライトでもなければ、大地にきらきらと光る観客のまなざしでもない。

病室の孤独が真綿のように首を絞める。息を止めたとしても、自分で自分を殺すことも出来ないくせに。

愛涙の演目は完璧だった。多分わたしよりも、もっと美しくもっとたおやかに、わたしにないパフォーマンスをして、着地もあざやかだった。

頬はばら色に上気している。絶賛の拍手に、腕を振り上げ、深々と腰を折る礼をした。飛び交う口笛と、一際大きくなる歓声。

彼女は今まさに、少女サーカスの花形だった。そんな彼女が次に顔を上げた時に、にこりと笑みを深くした。そしてそれから、もう一度、会釈に近い礼。

わたしはふっと眉を寄せて、這うようにしてリモコンをとりあげると、少し戻してもう一度彼女の礼を見た。

——笑った？

確かに。防御としての微笑みではなく、また攻撃としての微笑みでもなく、ましてや演目者としての愛想でもなく。確かに、彼女は、誰かに向けて笑ったのだ。

あの広いホールの中で。エクストラではなく、もっと別の、客席の一点を見つめて。満足気な、幸福そうな笑み。

誰かに微笑むそれは、わたしが、鏡の中でさえ見たことのないような笑みだと思った。

曲芸学校にはストレートで受かった。

受かると信じていたのだから、受かったことに理由はないと思った。目的はブランコ乗り。他にいっさいの望みはなし。

大きな襟の、特徴的なセーラー服を着たわたしに、『似合うよ』と愛涙は拍手をした。愛涙の高校のブレザーも彼女によく似合っていた。

玄関先で写真をとった。

服をとり替えよう、とはもう言わなかった。

こんなにも違う服を、毎日着て出かけることは、わたし達のこれまでの生き方でもはじめてのことだった。

曲芸学校の指導は決して優しいものではなかったけれど、辛ければ辛いほど、それに耐える悦楽があった。身体をつくりかえるのは喜びだ。他人とは違うなにかになっていくこと。そうすることで、現在の存在と未来を確かめることが出来る。

ひとつ年上の先輩達の指導は厳しかった。濡れた廊下に五時間ほど正座をさせられたこともある。確か、挨拶の仕方が生意気だったから。理由なんてどうでもよかったのだろう。ただ、理不尽な虐げと、それに耐える時間が必要だった。

彼女達の厳しさはそのまま、優しさの別側面であり、それによって脱落していく同期生達は、そもそもこの世界にくるべきではなかった子供達なのだった。

より目の粗い篩(ふるい)にかけることで、組織(グループ)は洗練されていく。

どんな粗い網の目でも残ってみせる覚悟があった。そして真っ直ぐ前だけを見て、演技だけをしていれば。やがて厳しい先輩を黙らせることも出来ると信じていた。

同期生の嫉妬は、上級生のかわいがりよりもたちが悪かった。

『片岡さんは本当にすごいね』

そう笑いながら近寄ってきて、服をずたずたに切り刻んで帰ったり、鞄の中にそれとわからないよう口の開いたマニキュアのボトルを放り込まれたりしていたこともある。服と靴は常に予備を持ち歩くようになったのは、この頃出来た大切な習慣だ。

一番うんざりしたのは、学校近くの本屋に立ち寄った時のこと。店を出る際に防犯装置が鳴り、駆けつけた警備員が鞄を開くと、本屋に併設されたCDショップの未精算のCDがでてきたのだった。

わたしはため息をついてしばらく考えたあと、店の人間に誠意を持ってお願いした。

『学校に連絡していただいて構いません。ただ、その場合は警察を呼んで下さい』

警察を呼ばないでくれ。てっきりそう言うものだと予測していた店員は虚を衝かれて驚いた。呼びつけた警察官には、同じように誠心誠意を持って頭を下げた。

『指紋を調べて欲しいんです』

警察はわたしの制服を見て、なにかを理解したのだろう。

CDからはわたしの指紋がでなかった。かわりに、幾つもわたしのものではない指紋が見つかり、わたしはそれを、学校に報告してもらうように頼んだ。

その日同じCDショップにいた同期生達に、わたしはその一件を包み隠さず話した。同期生達は徒党を組んで目をつり上げて、自分達の中で誰がしたと思うのかと声をはり上げた。

犯人捜しに一切の興味はなかった。だから、別に誰がしていてもよかった。ただ一言。

『足を引っ張るのはいいけれど、同じくらい芸も磨いてね？』

わたしの望みといったらそれくらいなのだった。

はりあいのない同期生にはうんざりだった。歌がうまい子もいた。わたしよりダンスに長けた子も、身体のやわらかい子も。

けれど誰も、わたしの双子の妹ほどの輝きを持たないのだった。

愛涙はわたしと違う高校に通い始めてからも体操部に入り、家に帰ればわたしとトレーニングを続けた。わたしは戯れに、その日のおさらいをするように学校でのトレーニングを教えたし、愛涙は面白がってそれについてきた。

彼女の姿を見て、自分の欠点に気づくことも少なくなかった。誰よりも近い身体の子が相談にのってくれるのは幸福なことで、それ以外はなにも、誰もいらないと思っていたほどだった。

友達が欲しくて曲芸学校に入ったわけじゃない。

同期を蹴落とすことに、なんの躊躇いもない。

けれどそんなわたしにも、ひとりだけ、波長があって気負わず話せる相手がいた。庄戸茉鈴という名の彼女は、生意気なわたしとはまた違った意味で同期の中で浮いていた。

まず、とても大人びていた。この言い方には語弊があるのかもしれない。彼女は実際大人だった。受験上限のギリギリである高卒で曲芸学校に入ってきた変わり者で、しかも猛獣使いのカフカ志望なのだという。

カフカは長らく空席の続いた、曰く付きの演目者である。身ひとつと小道具くらいしか使わないサーカスの曲芸の中で、「動物」という大がかりな道具を使う変わり種といってもいい。サーカスの歴史の中ではポピュラーでも、美しさと愛らしさを売りものにする少女サーカスには不似合いだった。

そんな彼女が同期で入学してきた時、もしかしたら彼女は突破するかもしれない、と唐突にわたしは感じたのだった。

この粗い網目の篩を、最後まで落ちずに残るのかもしれない。

人並み以上に勉学は出来るようだったが、学力などはこのサーカスで飯の種にはなってくれない。容姿も平凡で、身体の能力はこれといって特別なもののない彼女だったが、なによりも動物病院の娘という後ろ盾がある。

わたしならば、彼女を演目者として引き上げる、と冷静に判断した。

今後、カフカとして素晴らしい演目者が現れないとも限らない。動物は、特に従順にしつけられた動物は一朝一夕で用意出来るものではない。

彼女がカフカとなることは、このサーカスに益となる。

だから多分彼女は突破する、と思いながら、自分が蹴落とされるとも思わないのだった。

マツリの病的なほどの他者への無関心さと執着のなさは、情念のうずまくこの曲芸学校の中でも異端で、しかし一緒にいて心地がよかった。そしていつしか、これはもしかしたら友人と呼ぶに足る存在になるのかもしれないと思った。執着を覚えるほどに通じあったわけでもなかったが。

サン=テグジュペリになるのはわたし。

カフカになるのは貴方。

戯れにでもそう言えるのは心安らかなことだった。一度にふたりの襲名がどれほどイレギュラーでも、そうなるつもりだった。

もしくは、それしかないと思っていたのかもしれない。

マツリは高校をでた理由について、曲芸子になれなかった時の保険だとこたえた。それはわたしが一度も持ったことのない考え方だ。

もしも、曲芸子に、なれなかったら。否、サン=テグジュペリになれなかったら？

そんな生き方なんて、考えたこともなかった。そして考えるつもりもなかった。

貴方達は刹那で構わない、と言ったのは団長のシェイクスピアだ。

『美しくありなさい。ほんのひとときで構わないのです』

稽古場に現れた彼女の言葉が未だに心を射貫いて離れない。

『一日一日、花の表情が違うように、不完全でありなさい。未熟でありなさい。不自由でありなさい』

それこそが、わたし達が舞台に立つ理由であり、拍手と歓声、そしてスポットライトを与えられる理由だと彼女は言った。

その言葉で、すべてが許された気がした。

どれほど間違っていたとしても。どれほど歪んでいても不自由でも。

今しかない、とわたしは思った。結局、今の連続でしかない。ほんのひととき、美しければ、それでよい。

生きているだけで毎日目減りしていく若さという財産。失われていくものを出来うる限り高く売るわたし達。いつかすべてを売り尽くしたあと、残るものはただの、抜け殻だろうか。

専門のトレーナーがつくと、わたしは病のように曲芸にのめり込んでいった。わたしの青春期は、ただそれで完結した。ブランコの上だけで。他にはなにもいらないと、すべての時間、すべての身体、すべての心を捧げてきたから。

他の生き方なんて、考えたこともない。

病室の朝食は食べる気がしなかった。看護師はそれについてなにも言わず、せめて水分だけでもとるようにと言って去っていった。

強く言えばわたしの不興をかうだけだとわかっていたのだろう。愛涙は知らないだろうけれど、形だけでもリハビリがはじまる前、まだ療養が必要だという医者と看護師に向けて、リハビリをはじめなければ食事はとらないというハンストを行ったわたしは、さぞ手のかかる患者だったことだろう。

けれどここにいる限り、最低限のプライバシーは守られる。高い入院費を支払い続ける限り。そして、院長が少女サーカスの熱心なファンである限り。

個室の扉をあけて、大きな荷物を肩から提げて入ってきたのは母親で、そこでようやく今日が土曜日だったことに気づくのだった。

わたし達を生んで、母親は少女サーカスにのめり込んだ。きっかけはなんだったのかは知らないけれど、丁度それが実の父と不仲になっていく過程でのことだった、ということは、あとになって気づきはしたが、口にしてこたえあわせをしたことはない。

なにかの代替にするように少女サーカスの魅力にとりつかれた母は、自分の娘達をサーカスへと入団させようとした。それからわたしは母には反発らしい反発をしてこなかった。サーカスしか見てこなかったし、頼めばどんなレッスンでも受けさせてくれた。決して裕福な家ではなかったから、わたしと愛涙、ふたりともというわけにはいかなかったのだろう。けれどその面においても気遣ったのは愛涙だけで、わたしはといえば、お金なんていつか大人になったら、サーカスに入ったら必ず返すのだとそんなことばかりを思っていた。

「調子はどう」

と母親が尋ね、「うん」とわたしはこたえた。いいはずがなかった。こんな個室のベッドに縛り付けられて、調子などいいはずがない。

わたしに踊らせて。

ブランコをちょうだい。

そう泣き叫んだのはしばらくの間だけで、今もその気持ちに変わりはないが、母親にあたったところで彼女を途方に暮れさせるだけだということに気づいていた。

母は母という一個の人間で。

わたしをサーカスに向かわせてくれるためのロボットではない、ということに。

なぜか今更になって気づいた。わたしは酷く親不孝な子供だった。かといってそれを改める気もない。愛涙はわたしとは違うから、双子として生まれて本当によかったのだろう。

わたしはまず、母親にリハビリのスケジュールについて尋ねた。次のシーズンには間にあわせたい。可能ならば、プロデューサーがかわった時点で合流したい。だから。

「涙海」

言い募るわたしを遮るようにして、隣に腰をかけた母親は言う。この一ヶ月で、別人のように老けてしまったように見える、綺麗な母が。

「無理はしないで」

と震える声で言った。わたしは顔を歪める。

「ママも愛涙みたいなことを言うのね」

無理をさせてよ、とわたしは言う。十八になるまでずっと無理をしてきたのに、ここでやめろだなんてどんな拷問だろう。

お願いだから、無理をさせて欲しい。

そうでなければ、あのサーカスに戻ったあとに、スポットライトと拍手を浴びることなんて出来ない。

けれど母親は酷く疲れた顔で、「涙海」ともう一度わたしの名前を呼んだ。

「ママ、考えたんだけど」

その改まった言い方に、ナイフをつきつけられたかのような寒気を感じ、叫びだしそうになった。続きの、言葉を、聞かずにすむなら。

もう少し母親の言葉が遅かったら、わたしは絶叫していたことだろう。

「貴方達は、サーカス以外の道を、考えてもいいんじゃないの」

その刃の切れ味は、わたしの喉を裂き、息を止めるに足るものだった。心臓が早鐘を打ち、瞬きを忘れた。

次の瞬間に思わずもれたのは、引きつるような笑いだった。涙でも怒りでもなく、すべての感情が限界を超えたら、そこには笑いしか残らなかった。

サーカス以外の道、という言葉が可笑しかったし。

安易に、貴方達、とわたしと愛涙をひとくくりにされたことも許せなかった。

わたしの引きつり笑いをどんな風に受け止めたのか、身をのりだし早口で、母親は言葉を重ねた。

「愛涙は素晴らしい曲芸子をつとめてるわ。それはみんなが認めている。自慢の娘よ。でも、ここまでさせることはなかったんじゃないかと思っている」

「ここまで?」

わたしの声はかすれて震えていた。

ここまで、とは、どこまでのこと?

わたしがなにをどこまでやってきたのか、どこまでママはわかっているというのだろう。

「貴方にはブランコ乗りしかさせてこなかった」

そこで、痛みをこらえるような顔を母親はした。それは、欺瞞だと思った。外敵の存在を知覚した獣が、足を引きずって歩くような、浅ましい顔だと思った。

本当に足を引きずりたいのは、わたしだ。

けれど凍り付いたわたしの心などお構いなしに、母親は言葉をつなげた。

「サーカスの曲芸子になるためには必要なことだと思った。けど」

ほら、またその顔。被害者ぶった、辛さをこらえるような。その顔だけで、なにかが許されるんだと思っている、ような。醜悪な顔。

「……そこまでやらなくたって、愛涙はああやって舞台に立てたじゃない?」

ははは、とわたしは笑った。

思わずはじけたように、狂った笑いがもれた。脳の回路がどうにかなってしまって、完全に、おかしくなってしまったのだろう。

枕元にあった携帯を握って、投げつけた。コントロールなど出来るわけがなくて、小さな携帯端末はリノリウムの床を打ち、ガシャン、とプラスチックに亀裂の入る音がした。

「涙海！」

たしなめ、威嚇し、おさえつけようとする母親の声がする。今ここに昨日のナイフがあったなら、わたしはそれをも投げていただろう。

それとも、自傷でもしていただろうか。これほどとうに、傷物になってしまった身体に？　たかだか血管の数本、肌と一緒に裂いたところでなんの意味があるだろう！

「あの子のせいよ」

絶叫のあとのような、ガラガラの声がでた。声の出し方を忘れてしまったのだった。腹の底を絞り、喉を潰して。

言葉にしたら、目の前が揺れた。

「わたしの足も、愛涙のせいなのに！」

出て行って、とわたしは叫ぶ。この部屋から出て行って。わたしをひとりにして。ブランコにも乗れないのなら、わたしをひとりにしてちょうだい。

何度も見る。悪夢。落下するわたし。空を飛ぶ愛涙。

あの子がわたしに成り代わる。永遠に。神様の取り違え。あるべき場所に、本当の、本物の、ブランコ乗りが。

（そうよ）

ええ。そう。

愛涙の方が才能があったことくらい。

もうずっと前から、わたしの方が、よく知っている。


わたしの待望は叶い、わたしは演目者となった。襲名は八代目サン＝テグジュペリ。カフカとともに看板を背負うことになり、サーカスの舞台に躍りでた。

スポットライトと歓声。

その日のことを、わたしは永遠に忘れないだろう。

『おめでとう、涙海』

泣きながらそう言ったのは愛涙だった。

ステキだった。自慢の姉だと、彼女は言葉の限りを尽くしてわたしのことを褒め称えてくれた。母親もそうだったし、観客の拍手も素晴らしかったけれど。

愛涙の言葉がわたしの心を一番満たす気がした。

わたしはゴールにたどり着いたから。ようやく、愛涙を許すことが出来ると思った。許す？　そうだ、ずっと、許していなかったのだと気づいた。

『……ありがとう』

ブランコ乗りとなったわたし。

大学生となった愛涙。

それでいいと、思っていた。思っていたのに。

結局のところわたしのゴールは少女サーカスであり、サン＝テグジュペリだったのだろうと思う。マラソンランナーも競泳の選手も、ゴールにたどりついたら走ること、泳ぐことをやめるだろう。

けれどわたしはその場所に居続けなければいけなかった。第一の歪みがそれだ。

第二の歪みが、観客の絶賛だった。わたしはたくさんのマスメディアにとり上げられ、もてはやされ、愛された。

わたしにはブランコ乗りしかなかったから、そんな風に、まるでこの世の中で宝物の女の子のように扱われることに慣れてはいなかったし、そんな風にされても、なにを返せばいいのかわからなかったのだ。求められるサインにも握手にも。掲げられた電子公告にも。エクストラシートというシステムでさえ、わたしには受け入れがたかった。テレビで見たことがあるような人、もしくは名前も聞いたことのないような人がわたしを称えて、素晴らしいと言ってくれた。こんなものに慣れたくはないと思った。

これまで排斥されることに反発して歩いてきた道だ。荒野を切り拓くようにして。なのに、こんな承認で安らぎたくはなかった。

受け入れられること。認められること。それを当然と思ってしまったら、わたしは腐って朽ちていくような気がした。大枚をはたいてエクストラを買う男の人がおそろしかった。笑いかけることも苦痛だった。

ブランコにのぼってしまえば、いつかおりる日のことを考えずにはいられない。与えられる愛情は、わたしを駄目にするだろう。

認められるということは、いつか幻滅をされるということだ。

自分の中に芽生えつつある、承認の欲求がおそろしかった。

わたしはアンデルセンのように娼婦にもなれなかったし。

カフカのように能面にもなれなかった。

その一方で、子供じみた嫌がらせは加速していった。うかつに口にした食べ物を嘔吐することさえあった。毒とまでは言わないまでも、混入していたのは間違いなく悪意だ。以来、差し入れは決して食べないことにした。

学生時代よりももっと露骨に、わたしは誰かに疎まれているのだと感じていた。

けれど皮肉なことに、その排斥感情がくじけそうなわたしの心を奮い立たせた。誰かに疎まれる限り、わたしはまだ戦えると思った。抵抗することは唯一のわたしのよりどころだった。

『聞いてよ、涙海』

家に帰れば愛涙が、楽しげに話しかけてくる。

『今日履修登録をした大学の教授も、サーカスの大ファンなんだって。今年のサン＝テグジュペリは本当に素晴らしいって、わざわざ講義で言ったのよ』

その言葉に、わたしはうまく笑えただろうか。

『今日も練習をする？』

私も、サーカスの音楽にあわせてブランコに乗ってみてもいい？

そうして見せつけられる。自分よりも美しい曲芸。否、もうすでに、どちらの方が美しいかなどわからなかったのだ。ただ、彼女は自由で、わたしは酷く不自由だった。練習の最中に、あの子の演技に目をとられ、手が伸びきらなかった。

落下。雲海の下にあるもの。

──死の永劫。

『死ぬのなら、舞台の上がいい』

そう言っていた猛獣使いの言葉が思い出された。わたしはこのブランコの上で死にたかった。緩慢な自殺でさえあったのかもしれない。そして。

あの子の手を、とりたくはなかったのだ。

『ねぇ、貴方の怪我は、誰かのせいだと思う？』

わたしの病室までやってきたアンデルセンが、そんなことを尋ねた。わたしはこたえた。

『これは、わたしの不注意であり、誰の責任でもありません』

あえて、誰かのせいだとしたら。

わたしのせいであり。

それから、愛涙のせいだろう。

だからわたしはあれほど残酷なことを愛涙に懇願したのだ。わたしのかわりに舞台に立てと。貴方にはそれだけの力があるし。
そうしてもらえるだけの理由が、自分にはあるはずだと思った。
傲慢だった。
そして今日も、あのサーカスでは、美しいブランコ乗りが、笑っている。

幕間 Ⅱ

　セントラルホテルの最上階バーは、奥まった座席であれば密談に向いている。ソファに座って、歌姫アンデルセンこと、花庭つぼみは頬杖をついていた。いつもきらびやかな彼女にしては、露出も少なく落ち着いた装いだ。豊かな巻き毛を珍しく、ひとつにまとめて編み込んでいる。

「お連れ様がお見えです」

　とボーイが連れてきた相手に、特に反応を返さなかった。相手が座って、注文を終えるのを待った。とうに成人していたはずだけれど、アルコールの類は頼まなかったようだった。

　ボーイの気配がなくなってようやく、つぼみは椅子に座り直す。ショートカクテルの上澄みを軽くなめてから。「急に呼び出して悪かったわね」と言った。

　常のような愛想笑いは浮かんではいなかった。冷たく、気だるい、彼女にしては珍しい表情だった。

「……いえ」

　言われたのは、隣のソファに浅く腰をかけた庄戸茉鈴だった。猛獣使いカフカのメイクはすっかり落とし、化粧水しかつけていなかった。

どちらも今日の夜間興行を終えたあとで、夜も更けていた。

茉鈴は自分が歌姫アンデルセンに好かれているとは思っていなかったから、マネージャーを通じてこの誘いがきた時に少なからず驚いた。一方で、だからこそ断ることも出来なかった。

ここしばらく、歌姫アンデルセンの周囲は空気がひりついている。それは少女サーカス全体にも伝播していた。演目者の中でもそれに気づかないのは、日々の演目に必死な、サン＝テグジュペリぐらいかもしれなかった。

「ちょっと聞きたいことがあって」と常のような傲慢さを滲ませて、つぼみが言う。

「貴方は終電もおありでしょう。単刀直入に聞くわ」

そこでようやく、茉鈴の横顔を見た。

「チャペックの連絡先を知らない？」

茉鈴はすぐにはこたえなかった。彼女もまた窓の外の湾を見たまま、視線を動かすこともしなかった。パントマイムの、チャペック。その名前を冠する人間は過去に何人かいたが……つぼみが尋ねたのは、ひとりきりだと思った。

「なぜ、私に？」

瞼を伏せて、茉鈴が尋ねる。それもある意味残酷な問いであったが、つぼみの気分を害することはなかった。

「貴方なら、知ってるんじゃないかと思って」

ソファの背もたれに埋もれるようにして、吐息のようにそう言った。そこでボーイが運んできた、ミントの浮いた柑橘系のドリンクを眺めながら。

「たとえばあたしが、今後サーカスの運営に口を出せる立場になったとして」

と、不可思議なたとえ話をして見せた。

「カフカをやめさせて、チャペックをもう一度サーカスに呼び戻すと言ったら、貴方はどうする？」

ちらりと、茉鈴が横目でつぼみを見た。冗談でもなければ、安易な嫌がらせでもない、ということはただよう空気ですぐに知れた。

けれど、なぜ尋ねるのか、とやはり茉鈴は心の中だけで思う。やりたいならば、やればいい。出来るのならば。止めたところで、自分の考えを曲げるような女性でもないだろう。

「……私の、進退はともかくとしても」

だから淡々と、思うことを告げた。

「チャペックはもう、戻ってこないと思います」

美しい黒髪をした、人形のような少女のことを、ふたりとも脳裏に思い浮かべた。そしてその少女は、この世から消えてしまったことを茉鈴は知っているし、つぼみもまた、知らぬわけはないだろう。

「彼女はもう、チャペックではないからです。新しいチャペックをお探し下さい」

新しいチャペックは、また曲芸学校から生まれてくるのだろう。そのことを思えば、それは当然であるような気が、茉鈴にはした。

つぼみはそのこたえに不愉快そうに顔を歪めた。

「貴方は、自分が馘になってもいいって言うの？」

「……いつかは、降りる身です」

自分の芸が永遠ではないと、茉鈴はとうにわかっていたし、残るであろう動物達のために代替わりをしてくれる猛獣使いがいればいいとは思うけれども、それも彼女の力ではどうにも出来ないことだ。

茉鈴はテーブルの上に置かれた、つぼみの小さな手を見た。皺のない、美しい手。海の朝焼けのような、ネイルが光っている。

その手が、小さく震えていた。

アンデルセンである彼女はなにかを決めようとしているのだと思った。大きなことを。否、もう決めているのかもしれないと茉鈴は思う。そして、その決断が一体、どのようなものであったとしても。

「けれど」

茉鈴はテーブル上、小さく震える手に、自分のそれを重ねた。冷房が効いているためか、指先の冷たいそれに、傷の多い、自分の手を重ねて。

「サーカスにいる間は、私は貴方の味方をします」

驚きに目を見開いた、つぼみの顔を覗き込んで、真っ直ぐに見つめて。笑うことは出来なかったけれど、言葉が届くように、茉鈴は真摯に言った。

「貴方に優しくしてあげて、と」

チャペックに頼まれましたから。

その言葉に、茉鈴の手の下、つぼみの小さな手の震えが大きくなった。彼女は振り払ってもよかった。すり抜けてもよかった。けれど、そうはしなかった。

その震えのまま、つぼみは長い睫毛をおろし、唇を小さく動かして、かすれた声で、己自身に言うように囁いた。

「あたしは、すべてを新しくする。すべての芸を守る。サーカスを」

見世物という苦しみ以外、一切の暴力から守ってみせる、とつぼみは言った。彼女の願いは、決してそれだけで成るものではない。きっと歪み、苦しむことになるだろう。けれど、彼女はやり遂げるのだろうとも思った。

奪い、奪われる。そのあり方が、少女達には正しいことなのだ。

つぼみは、アンデルセンは新しい形でサーカスを守る。

では、貴方を、守ります。と茉鈴はようやく、去ってしまったチャペックではなく、つぼみに誓うことが出来た。

「トランプって、四種類あるでしょう？」

前置きなくそんな話をされて、わたしはベッドの上で本から顔を上げた。平日の昼間、いつものように訪れた愛涙は、先日あったわたしと母との衝突さえ知らないようだった。

「ハートと、ダイヤと、」

おかしなところで切るものだから、花の水をかえる愛涙の言葉をつないで言った。

「スペードとクローバー？」

「そう！」

くるりと振り返って、愛涙が椅子に座る。今日の双子の妹は、不思議なほどに機嫌がよかった。初夏の太陽の光を頬に浴びて、健康的に笑って、言う。

「クローバーだよね。でも、違うんだって。知ってた？」

わたしがまだ会話にのれないでいると、知らないよね、と勝手に話を進めた。

「クローバーっていうのは、日本人独特の認識なんだって。方言みたいなものだって笑われたわ。本来は、クラブ——棍棒って意味なんだって」

知らないよね、そんなこと、と再び同意を求められたが、わたしは曖昧に笑うことしか出来なかった。もちろんそんな、トランプのカードの種類なんてどうでもいいことは知らないけれど、それよりも、愛涙が誰からそんなことを聞いて、誰に笑われて……そしてなぜそれを、淡く幸せそうな記憶のように言うのか。

「そんなことを愛涙に言ったのは誰？」

尋ねると、自分から言い出したことだろうに、愛涙は言いよどんだ。もちろん、誰が彼女にそんな入れ知恵をしたのかは、これまでの話を聞いていればすぐにわかることだ。愛涙がわたしの代理として舞台に立った時、一番最初にエクストラシートを買った人間。ベガス帰りの、ブラックジャックディーラー。

そんな彼が、窮地に陥った愛涙を助けてくれたことで、密かな交流を続けていることは、彼女の話を聞いていればすぐにわかることだった。

わたしはこの病室からでていないから、その男が一体どんな姿をしていて、どんな人間であるのかはわからない。だから、愛涙が、なにを躊躇っているのかもわからないのだった。

「……ごめんなさい。私、涙海に謝らなきゃいけないことがあって」

ようやく口にされた言葉は、意外なものであったから、わたしは黙ったままで続きを促した。

「アンソニーに、私が片岡涙海本人じゃないってばれたの。でも、彼は黙っていてくれるって、今も誰にも言わないでいてくれて」

愛涙がそれを、本当に申し訳なく思っていることは、その目に浮かぶ感情から見てとれた。もともと、嘘の得意な子ではないし、ましてやとりつくろった演技が出来る子ではないのだ。舞台から、おりてしまえば。別人だと気づいている人もいることだろう。

ただ、わたしがこれまで周囲と交流を持ってこなかったから、皆確証に欠けるだけで。

そして、証明する手立てがないだけで。証明をしたところで、あれだけの演目をこなせる人間が、今の曲芸子、針子にもいないだろうから。

「いいのよ」

わたしは瞼をおろして、吐息のように言った。

「そんなことは、いいわ」

視線の先で眺めたのは、手に持った文庫本だった。何度も読み返した、わたしの聖書であり教科書である、サン=テグジュペリの『夜間飛行』。

その一節を、視線でなぞる。

——ルルー、君は一生のあいだに、色恋に力を入れたことがあったかい？

——色恋ですかい、旦那、何しろどうも……。

わたしはこの本にでてくる、醜く老いた職工長が嫌いではなかった。ほんの端役ではあるけれども、飛行士よりも、雇い主よりも、共感をしたせいかもしれない。

ルルウという名前もまた、あまりに暗示的ではないだろうか。

「ねぇ、愛涙」

わたしは本を閉じ、組みあわせた手を目元に強く当てて、俯き、涙をこらえるようにして言う。

「……人を好きになるって、どんな気持ち？」

わたしにはわからない、と思った。あの舞台の上で輝いていた愛涙。美しいパフォーマンス。そこに立つ喜び。そして、彼女は、理解者と恋まで手に入れたというのなら。

わたしなんて、いなくてもよかったのではないだろうか。

「涙海、どうしたの？」

痛いの、苦しいの、と背中をさする、やわらかな優しい手が、余計に涙の呼び水となる。

わたしは崩れてしまいそうだ。

（貴方なんて。わたしなんて）

いなければよかった、死んでいればよかった。あの時に。こんな、惨めな気持ちになるくらいなら。愛涙を殺せばよかったのか、自分が死ねばよかったのか。

もしくは、この足が壊れた時に、すべてを諦めて舞台から降りればよかった。すがったりしなければよかった。諦めていれば、こんな風に泣くこともなかった。

それでも、それでもと思ってしまう。それでも、どこに、帰りたいのかと言えば。帰る場所なんて、ひとつしかない。

涙がでるほど優しい腕に抱かれながら、わたしは願った。

お願い、わたしをあのサーカスに連れていって。

喝采とスポットライト。

何度そこから、蹴落とされたとしても。

わたしはあの、ブランコに帰りたい。

その夜のこと。まどろみの中。

ふと、むせかえるようなムスクの香りがした。花とも違うし、女もののそれとも違う。苦みのある、果実の腐臭に似た、病院には似つかわしくないにおいが煙草の毒素と混ざって鼻についた。

夜の、あの街の、快楽のにおいだ、とわたしは思い、一気に眠っていた意識が覚醒した。肘をつき、身体を持ち上げ身を強ばらせて。

「誰」

薄いカーテンの先にある影に誰何(すいか)する。時刻はすでに遅く、相手の気配はわたしの知らない男のもの。一瞬、最悪の事態を覚悟した。

けれども、シルエットはカーテンを持ち上げることすらしなかった。

「はじめまして、サン＝テグジュペリ」

低く甘い声で、言う。カサリ、とビニールが鳴る音がして、ムスクの中に本当に淡い、緑のにおい。花束を持っているのかもしれない、と思った。

「夜分に失礼」

と、まるで、異国の紳士のように言った。シルエットから、長い髪だと思った。男がするには、長すぎるほどの。その特徴から、とっさに導き出したこたえをそのまま口にしていた。

「……アンソニー・ビショップ」

「おや」

　カーテンの向こうで、男は笑ったようだった。

「俺のことを知っていましたか。光栄だ」

　許されるのならば、このカーテンをあけてくれと彼は言った。もちろん、許されないのならばこのままで構わない、と。深夜の不当な訪問だという自覚はあるらしかった。

　わたしは躊躇ったが、枕元にある携帯端末を引き寄せた。本来は愛涙のものだが、問題ない。いつでも助けを呼べるように、ナースコールのボタンと携帯端末をひとまとめにし、注意深くゆっくりと、カーテンを開く。

　現れたのは、予想通り、けれど予想しきれなかった顔の、青年だった。仕事帰りなのだろうか。タキシードを着て、黒いサングラスをかけている。

　病室の青白い光に照らされた横顔は、まるでギリシアの彫刻のようだ。アジア人の顔つきであるのに、通った鼻筋がまるで南欧のにおいを立てているようだった。

　冷たい顔だと思った。やわらかく、優しい人間だとは思えない。一番最初に、愛涙に向けてサーカスの団員は身体を売っていると言ったのも、この男だったはずだ。

「はじめまして、片岡涙海」

　彼は花束を抱えていた。緑の多いそれは、白いあじさいを大きな葉で包み込んだ独特のもので、渡されると花そのものの香りよりも、男のムスクの方が濃くついているような気がした。その花束をわたしに渡して、唇を曲げてアンソニーは笑う。

「……確かに、よく似ている」

誰と、とはもう聞かなかった。今はあの子の方がもっとずっと美しいと、子供のようなことを言うつもりもなかった。

「なにを、しにきたの」

こんなところに。こんな時間に。……逢い引きの相手を、間違えたわけでもなかろうに。わたしがまだ警戒を解かないでいると、それさえも面白がるようにして、アンソニーは続けた。

「ここを発つ前に挨拶をと思って」

自分の眉が寄るのがわかる。わたしは面白がられている、とわかっていたが、だからといって有効な手立てをとれるわけでもなかった。

「急な渡欧が決まった」

そこまで言われて、ようやく寝惚けた頭に血が巡ってきた。

「……いつ？」

「明日だ」

さらりとこたえが返る。その言い方は、しばらくあける、という意味には到底思えなかった。この国に唐突にきたように、この国から唐突に出て行く。そんな口調のような気がした。

どうしてと思った。どうして去るのか。そしてどうして、それをわたしに言うのか。どれもわからなかったが、問いかけたのは違う言葉だった。

「あの子を連れていくの」

クローバーとクラブの違いを教えてくれた男。

この国を発つというのなら、わたしと同じ顔をしたあの子を、一緒に連れていくのではないかと思った。

けれどわたしの言葉にアンソニーは笑って首を振る。

「おかしな話だ」

一瞬彼の長い指が懐から煙草をとりだしかけ、そしてさすがに場所が悪いということに気づいたのか、またその指を胸元のポケットに戻した。

そして手持ち無沙汰になった長い指には、いつの間にかトランプのジョーカーが現れている。そのジョーカーを、わたしのベッドに置いた花束に差して。

「彼女は君のものだよ。我が儘なサン＝テグジュペリ」

覗き込むようにアンソニーはそう言った。わたしは喉がからからに渇いていた。選択を迫られているような気がした。今、この男をここに、この国に、この街に引き留めることは。自分にしか出来ないのではないか。

けれど硬直したわたしに、アンソニーは謎かけのようなことを幾つか言った。

これから先、サーカスの勢力図がかわり、それはカジノの金の巡りもかえていくだろう。もともと自分を日本に呼んだ雇用主の旗色が悪くなる前に、先日尋ねてきた知己のすすめで欧州に渡る――。

わたしには意味がわからなかったが、それはもしかしたら、先日からワイドショーを騒がせている、横領事件とも関係があるのかもしれなかった。

気をつけろ、と愛の言葉のような甘い囁き。

「あのサーカスの実権は、もうすぐ入れ替わる」

その時に舞台に立っているのがお前にしろ妹にしろ、これまで以上の覚悟が必要になる。彼の言葉は呪文のようで、意味もわからず心に染みた。

けれどその上でやはり、不可解さは消えなかった。

「そんなことを……言いにきたの？」

わざわざ、こんな所まで。日本をでるにあたって、なぜ、わたしに。

いいや、と男は軽く肩をすくめた。俺が言いたいのは一言だけだ、と前置きし、一呼吸の沈黙のあとに。

「片割れからは、手を離すな」

横顔からはなんの感情も読みとれなかったけれど、これまでとは打って変わって、冷たく真剣な声色で言った。

「金と賭博、欲望と快楽の坩堝の中で、見失ってしまったものは、もうとり戻せない」

あの人にもかつて双子の弟がいたんですって。

そう言ったのは、愛涙だった。

かつて。過去に。今はもう、いない。

だから、わたしのことはそういう意味で、気まぐれに目をかけてくれているだけ。

恋なんかじゃないのよ、これは。

そう愛涙は、言い訳をしたけれど。わたしは愛涙がわたしのように薄情ではないし、わたしよりももっとずっと才があり、わたしよりももっと情があり、そしてわたしよりももっとずっと優しい人間だということを知っている。

だから、優しい愛涙が選んだ相手も、きっと優しいであろうことも、容易に想像がついてしまうのだ。

手を離すな、と彼は言う。けれど。

「あの子が」

わたしの声は震えていた。こんなことは、たとえ話でもしたくはなかったけれど。

「貴方を追いたいと言ったら？」

わたしよりも貴方を選んだら？

そう尋ねれば、アンソニーはやはり、低い声で隠すようにして笑った。笑って、再び、

「光栄だが」と前置きして。

「それはないよ」

とはっきり告げる。最後に、わたしの肩に手を置いて。

「彼女には今でも、君が一番だからだ。星の王女。サン＝テグジュペリ」

それだけを言って、振り返ることはなく、音もなく去っていった。むせかえるような甘いにおいを残し、花束と、ジョーカーだけを残して。

わたしは目を閉じて、奥歯を噛みしめる。そうして胸に広がるのは、わたしが決して知ることはなかった、そうしてこれからも知ることはないであろう——恋の味なのかもしれないと思った。

翌日病室にやってきた愛涙はいつも通りなにも変わらず、ただテーブルの隣に置いてあった、まだ生けていない花束に目を留めて。

「あら、新しい花ね」

どうしたの、と軽く尋ねてきた。

「……もらったの」

誰から？　と続けて聞かれた言葉にはこたえず、わたしは窓の外を眺めていた。まだ時間ははやい。天候もいいから、きっと今日のフライトは気持ちがいいだろう。

わたしはこの国からでたことがないけれど、愛涙は、高校の修学旅行で台湾に行っていたはずだった。

わたしは本当に、あの狭い舞台の上以外のことはなにも知らないのだと思った。舞台の上さえも知らないのかもしれない。知っているのは、あの細い、ブランコの上だけ。

あの場所だけが、わたしの生きる場所だと信じていたから。

どこかぼんやりとそう思う中で、愛涙がベッドの隣に立ち尽くしているのがわかった。

白いあじさいにはまだ、ムスクのにおいが残っているだろうか。

縁まで柄の入ったトランプは、もしかしたら、彼からのメッセージだったのだろうか。

「──誰からもらったか、わかる？」

わたしが尋ねる。気づかなければ、言わないでおこうと思っていた。伝えることが、愛涙のためなのかもわからなかった。

振り返った愛涙は真っ青な顔で、目を見開いていた。唇が震えていた。綺麗であったし、可愛くもあったし、そして同時に、とても可哀想でもあった。

「最後に、挨拶にきてくれたのよ」

誰が、とは、もう彼女は聞かなかった。

「最後……？」

震える声で、聞き返す。そちらの方が、よほど重要な事項だったのだろう。それはもう仕方がないこと。

「今日の便で、欧州に発つって」

貴方を、よろしくって。最後に挨拶にきてくれたわ。

貴方に、ではなく。貴方を。

少し婉曲した表現ではあったけれども、大した違いではないだろう。それ以外は、彼の言い訳めいた渡欧理由も、隠し事なく伝えた。

「嘘」

けれどその言葉は、愛涙には届かなかったらしい。震える声で、花が悲鳴を上げそうなほど強く花束を握り締めて。

「嘘、だって、」

大きな瞳に涙を浮かべて、絞り出すように言った。

「だってまだ、私、見てもらってない！　エクストラシートで、私の、私の……！」

くしゃりと花束に顔を埋めた。白いあじさいは、わたしよりも、愛涙に確かによく似合った。

「私を、見てくれるって言ったのに……！」

肩を震わせ泣く妹を、わたしは抱き寄せることが出来なかった。彼女がそうしてくれたように、抱きしめて背中を撫でて、一緒に泣いてあげることも出来なかった。

一度は殺意さえ覚えた。殺せないのならば、わたしが死ぬべきだったとさえ。けれど。

「愛涙」

わたしは尋ねる。自分の動かない、変色してしまった片足を眺めながら。

「愛涙はどうして、わたしのかわりをしてくれると言ったの」

一度でも、成り代わりたいと思ったことがあったのだろうか。優しさゆえに、わたしにすべてを譲ってくれた優しい妹。本当ならば、わたしを押しのけ、ブランコに乗り、あのスポットライトを浴びたいと思っていたんじゃないか。

あんなに、美しい跳躍が出来るあなたを。

わたしは引きずりおろし、隠したのではなかったか。

そうだとしたら、そうだとしたら……わたしは、どうするべきなのだろう。こたえを出せぬまま、わたしは愛涙に尋ねていた。

「どうして……？」

愛涙は、尋ねられたことさえ理解出来ないようだった。目を真っ赤にして、それでも、言った。

「だって」

返る声は、なんの虚飾もないようだった。所在なく立ち尽くし、子供のように泣いて。

「守りたかったから」

そう、愛涙は言った。わたしはぎゅっと白いベッドのシーツを握った。視界が揺れるのがわかった。もう泣かないと、泣いても仕方がないと、決めていたのに。

「私だって、他の人間に渡したくなかった。サン＝テグジュペリは……世界で一番美しいブランコ乗りは、涙海だけだ、と。

そう、愛涙は言った。

わたしはゆっくりと、目を閉じる。

それが嘘でもよかった。一体愛涙からわたしがどんな風に見えて。どんな印象を持っていたのか……それはわからないけれど。

わたし達は、片割れだ。

とてもよく似た、個体だったから。

互いが互いを、一番であると思ったとしても、なんらおかしいことはなかった。

「そう」

言葉を噛みしめ、頷く間に、わたしは心を決めていた。

「行きなさい」

彼女自身の携帯端末を差し出した。これを持っていけばいい。そして、貴方の持つそれを、置いていって。

それは、サーカスが支給した、わたしのものだから。

行きなさい、と繰り返し、わたしは言った。

「貴方を自由にしてあげる」

もうわたしのかわりはしなくてもいい。愛涙のブランコは、愛涙のものだ。そしてそれを。

「見せたい人が、いるんでしょう」

行きなさい、ともう一度言った。「片割れからは、手を離すな」と、あのおひとよしのブラックジャックディーラーは言ったけれど。わたしはこの子を突き放すのだと思った。

ブランコに乗るように、一度はつないだ手を。

空を飛ぶために離す。

行きたい場所に、行けるように。

高く、遠く、跳躍が出来ますように。

「でも」

涙をこぼすまま、愛涙が首を振った。彼の言った通りに、彼女の優しさはわたしを見捨てることはなかった。

「でも、そうしたら、涙海は」

あの舞台が。名前が。サーカスが。彼女の言いたいことはわかったけれど。

けれどもう、わたしは愛涙を必要とはしないのだった。

「わたしは舞台に戻る」

そう、はっきりと告げた。わたしは、わたしの選んだ道を。そうして、貴方も、わたしに出来ない恋をしたのなら。

あまりにも似た設計図、似た姿、似た魂を持ったわたし達は。別々の道を行く。

そして、自分の出来ない恋に殉じて欲しいと望むのは、我が儘だろうか。

それでもいい。最後まで、どうかこの瞬間まで、我が儘を言わせて欲しかった。傲慢で、欲張りな姉で、本当にごめんなさい。

でも、双子の片割れが、愛涙(あなた)でよかったと、心の底から思っている。

「この決断をするまで、時間をくれて、ありがとう」

わたしもまた、もうひとつ、確かな覚悟を、決めることが出来た。

これは、あの舞台に立つためではない。あの舞台で立ち続けるために、必要な覚悟だった。

幕間　Ⅲ

真っ白い空港の国際線ターミナルで、アンソニーは最後の電話をかけていた。相手は、つい先日、同じターミナルで同乗者に振られた不運な友人だった。

傷心の相手は、欧州でアンソニーを出迎えてくれるらしい。

『出国はひとりで？』

と電話越しで友人の王が言う。電話越しにもにやついているのがわかり、アンソニーは耳から少し電話を離した。

「当たり前だ」

じゃあ十三時間後に、と手短に言って、携帯の電源を切った。誰からなにを聞いているのかはわからないが、相変わらず性格の悪い男だと思った。

もっとも、その性格の悪さ故に、ベガスを追われたアンソニーの逃亡に手を貸し、友人という珍しい位置におさまったのかもしれない。

携帯を切ってしまうと、ゲートをくぐるまで特にすることがあるわけでもない。日本の滞在は数ヶ月という短いものになったが、それに対して心残りがあるわけでもなかった。十年、二十年後にまたきても構わないと思う程度には、アンソニーの心に禍根らしい禍根を残さなかった。場所としては。

窓際の喫煙所で、煙草に火を入れようとした、その時だった。

「アンソニー」

名前を呼ばれて、手が止まる。そのまま火をつけるかどうか、数拍迷ったが、結局煙草をケースへと戻した。

振り返ると、鞄をひとつ提げた少女が立っていた。動きやすい旅装であるのに、なぜか右手には白いあじさいの花束を持っている。

その顔は、昨夜見た人間のものと、とても似ていて、まるで違う。

「見送りを頼んだ覚えはないんだが」

サングラスの下で目をそらしながら、低い声でアンソニーは言った。ため息をつかないようにするのに労力を要した。

すでにターミナルは旅券をチェックし終えているはずだった。『出国はひとりで？』という、性格の悪い友人の言葉が反復された。

煙草を吸うわけでもないだろうに、片岡愛涙はアンソニーの隣に立った。

「姉はどうした」

と、ひとまず尋ねた。彼女の持っている花束は、彼女ではなく双子の姉に渡した見舞いのはずだったのだが。

「ブランコ乗りは、ブランコに戻ったわ」

愛涙はそれを返答とした。花束を持っているのは、それが必要ではなくなったことを示しているのだった。

花束にはジョーカー。そして、ハートの4と、クラブの……クローバーの、5。

一体どんな魔法を使ったのかは、アンソニーは知らないが。

「では、お前はどうする」

と尋ねた。愛涙はゆっくりと首を振る。

「わからない。でも」

雲のない、青い空を見て、なにかをふっきったように言った。

「しばらくは騒ぎになるだろうから、同じ顔をしている私は、あの街にいない方がいいと思う」

「この国にも街は幾らでもあるが？」

他人事のようにアンソニーが続けるので、愛涙は振り返り、隣から、サングラスの隙間の目を覗き見するようにして言った。

「貴方のいる街は？」

今度こそ、アンソニーがため息をつく番だった。ついたため息のかわりに肺を紫煙で満たすために、煙草に火をつけて、言う。

「悪い男につかまるなと、言われなかったのか」

愛涙は、少し笑う。否定はしなかった。けれど。

「いい夢を見せてもらいなさいって」

そう言って、自信ありげに、笑った。

「かわりに私も、貴方に夢を見せるわ」

たかだか、一瞬だもの。

そう言う彼女の顔は、双子の姉に、とてもよく似ていた。

愛涙はこの街をでた。

どんな結末になるかはわからないけれど、ひとつの恋を追いかけて。

わたしはこの街に残った。母親の職場に電話をかけ、きて欲しいと伝言を残したら、母親は夕方仕事を切り上げ病室までかけつけてくれた。

その頃には、わたしはすでに、病院の先生達に囲まれていた。

わたしを極秘裏にかくまってくれた院長先生もいたし、それよりももっと偉いのだという先生もいた。その人は、秘書だという美しい女性を連れていた。どこかで見たことがあるような女性は、わたしの正体を知っているのか、言葉に尽くせないような感傷を浮かべてわたしのことを見た。

たくさんの人が、わたしに言葉を投げかけた。けれどわたしの心は、決まっていた。

「ママ」

まだ呆然としている母親に、わたしは言う。

「お願いがあるの」

わたしの願いを、諸手を挙げて喜んでくれたのはアンデルセンだった。采配をお願い出来るかといえば、もちろん、とふたつ返事で引き受けた。

いいわ。それでいい。

帰っていらっしゃい！　とアンデルセンは言った。

どこでもない。

ここが貴方の帰る場所よ。

誰にも、シェイクスピアにも、文句は言わせないから。

わたしの決断は、たとえば十年後、二十年後、とても後悔をすることになるのかもしれない。けれど、それでも構わなかった。

わたし達は、花の命。

一日一日、変わり続ける花のように。今だけを、美しくあればいい。

だから。

「お願いよ、ママ。――この足を切って」

夜は円形をしている。星は、ない。拍手は雨粒のように鼓膜を叩く。わたしの目、そして耳が、窓ガラスのように外界をとらえる。

闇の中で世界はくすんでいる。

スポットライトだけが行く手を照らす。やがて目が慣れると、客席に爛々と灯る、小さな光。

そのひとつひとつが人間の生であり営みであり、期待と好奇そのものである。細い針のような視線が指の先、爪の間にまで刺さる。それらは上昇気流となって、暴風雨の向こうへとわたしを飛ばす。

その一方で、この期待と好奇、そして拍手と歓声がわたし達に刃となって襲いかかるのだろう。

けれど痛みが、苦しみが、この光景が夢ではなく現実のものであるとわたしに教えてくれる。

風が吹けばいい、とわたしは思う。

もっと強い、暴風雨になればいい。

それを押しのけてこそ、喜びがある。完璧ではないわたし達。永遠ではないわたし達だから。

剣山の上でしか、輝かない花もあるのだ。

光の幕が開く。数日の休演を経て、今期の大千秋楽。そこに、サン＝テグジュペリが帰ってくる。

夜間飛行を、行うために。

スポットライトがわたしを照らす。今日がまた、新しいわたしの門出である。この先にあるのはあまたの苦しみ。排斥と否定かもしれない。それでもいいと思った。それでこそ、わたしの進む道であると。

痛みだけが、生きていることを教えてくれるだろう。

この身が晒された瞬間、観客が息を呑むのが、距離をもってしてもわかった。あるべきもののない、いびつなシルエット。

片足しかない、サン＝テグジュペリ。

動かないわたしの足は、あの病室のベッドに置いてきた。人々はざわめき、口々に異形について囁きあうだろう。

それでいい、とわたしは思った。この姿のままで、わたしはブランコに乗る。

黄金の丘をめがけて。死も覚悟して。

もう迷わない。もう躊躇わない。

美しい双子の妹の分まで。喝采を手に入れる。

畏(おそ)れることはないのだと、わたしは、ゆっくりと観客に笑いかける。

「不自由なことは、美しいことよ」

サン＝テグジュペリの、夜間飛行が、はじまる。

本書はフィクションであり、実在の人物および団体とは関係がありません。

本書はKADOKAWAより刊行された『ブランコ乗りのサン=テグジュペリ』（二〇一三年二月・単行本、二〇一五年十二月・文庫）を改題・加筆修正したものです。

今宵、嘘つきたちは光の幕をあげる

紅玉いづき

2023年9月5日初版発行

発行者……………千葉 均
発行所……………株式会社ポプラ社
〒102-8519 東京都千代田区麹町4-2-6

フォーマットデザイン 荻窪裕司(design clopper)
組版・校閲 株式会社鷗来堂
印刷・製本 中央精版印刷株式会社

ポプラ文庫ピュアフル

みなさまからの感想をお待ちしております

本の感想やご意見をぜひお寄せください。
いただいた感想は著者にお伝えいたします。

ご協力いただいた方には、ポプラ社からの新刊やイベント情報など、最新情報のご案内をお送りします。

ホームページ www.poplar.co.jp

N.D.C.913/332p/15cm
ISBN978-4-591-17895-9
P8111362

熱狂の渦に立ち向かう、〝嘘〟にまみれた少女の青春ミステリ！

紅玉いづき
『今宵、嘘つきたちは影の幕をあげる』

装画：紫のあ

大地震から一年後、東京・湾岸エリアにはカジノと少女サーカスが誕生。その開発時、生徳会グループの建設現場で責任者が自殺した。それは女子学生・マリナの父で、彼女はその謎を探るうち、少女サーカスの団員募集を知る。真相を知るためこの街で生きると決意し、空中ブランコ乗りを志す中、権力者――生徳会代表・鷲塚と出会い……？　一瞬に命をかける少女たちの輝きを閉じ込める「少女文学」作家・紅玉いづきの二部作！

アルバイト先は妖怪の古道具屋さん!?
取り扱うのは不思議議なモノばかり――。

峰守ひろかず
『金沢古妖具屋くらがり堂』

装画：鳥羽雨

金沢に転校してきた高校一年生の葛城汀一。街を散策しているときに古道具屋の店先にあった壺を壊してしまい、そこでアルバイトをすることに。……実はこの店は、妖怪たちの道具〝妖具〟を扱う店だった！　主をはじめ、そこで働くクラスメートの時雨も妖怪で、人間たちにまじって暮らしているという。様々な妖怪や妖具と接するうちに、最初は汀一を邪険に扱っていた時雨とも次第に打ち解けていくが……。お人好し転校生×クールな美形妖怪コンビが古都を舞台に大活躍！